古典詩歌研究彙刊

第二三輯

龔鵬程 主編

第8冊

乾隆三大家詠史詩研究（上）

賴玉樹 著

國家圖書館出版品預行編目資料

乾隆三大家詠史詩研究（上）／賴玉樹 著 — 初版 — 新北市：
花木蘭文化事業有限公司，2018〔民 107〕
目 2+218 面；17×24 公分
（古典詩歌研究彙刊 第二三輯；第 8 冊）
ISBN 978-986-485-285-7（精裝）
1. 詠史詩 2. 清代詩 3. 詩評
820.91　　107001413

古典詩歌研究彙刊
第二三輯　第 八 冊　　ISBN：978-986-485-285-7

乾隆三大家詠史詩研究（上）

作　　者　賴玉樹
主　　編　龔鵬程
總 編 輯　杜潔祥
副總編輯　楊嘉樂
編　　輯　許郁翎、王筑　美術編輯　陳逸婷
出　　版　花木蘭文化事業有限公司
發 行 人　高小娟
聯絡地址　235 新北市中和區中安街七二號十三樓
　　　　　電話：02-2923-1455／傳眞：02-2923-1452
網　　址　http://www.huamulan.tw 信箱 hml 810518@gmail.com
印　　刷　普羅文化出版廣告事業
初　　版　2018 年 3 月
全書字數　241325 字
定　　價　第二三輯共 14 冊（精裝）新台幣 22,000 元

乾隆三大家詠史詩研究（上）

賴玉樹 著

作者簡介

賴玉樹，一九七〇年生，台灣省彰化縣人。中國文化大學中國文學研究所博士班畢。曾任中國文化大學兼任講師、銘傳大學兼任助理教授、國立台灣海洋大學兼任助理教授、萬能科技大學通識教育中心國文組專任助理教授，現爲萬能科技大學企業管理系專任副教授。暨通誠中心中文組召集人。

提　　要

本論文採用比較、歸納等方式，將獲得的材料進行鑒別、歸類、分析，從而探尋乾隆三大家詠史詩之地位與影響。文分七章：

第一章，說明研究動機與目的，研究範圍與方法，並概略介紹兩岸關於三大家詠史詩之研究現況。

第二章，針對詠史詩之義界和乾隆以前詠史詩的發展流變作扼要敘述。

第三章，探討乾隆三大家詠史詩之形成背景。擬從政治氛圍、社會環境、學術思想和詩歌主張等四構面進行剖析。

第四章，論述乾隆三大家詠史詩的寫作內涵。一般而言，優秀詩歌與詩人思想情感緊密關聯，思想、情感是詩人創作的泉源，古人曾說：「在心爲志，發言爲詩」、「情動於中而形於言」詩不僅能表情，更能達意。緣此，本章以題材分析和情志內蘊探究乾隆三大家詠史詩之寫作內涵。

第五章，縷析乾隆三大家詠史詩的藝術表現。本章的重點從語言和情感思想聯繫、衍生的藝術層級，如：意象營構、修辭技巧和體式運用等面向詮釋三大家詠史詩之藝術表現。

第六章，從三家同題詠史的觀察和各家總體詠史的呈現，探討三大家詠史詩之風格。

第七章，總結全文，以彰顯乾隆三大家詠史詩之地位與影響。

目次

上冊

下冊

第一章　緒　論

第一節　研究動機

自有人類，即有詩歌〔註 1〕。詩歌從生命體悟而來，它是人類內在情感的流露，也是人們內心意志的抒發，如《禮記．檀弓下》云：「人喜則斯陶，陶斯咏，咏斯猶，猶斯舞，舞斯慍，慍斯戚，戚斯歎，歎斯辟，辟斯踊矣」〔註 2〕。又《詩大序》所言：「詩者，志之所之也。在心爲志，發言爲詩。情動于中而形於言，言之不足故嗟歎之，嗟歎之不足故詠歌之，詠歌之不足，不知手之舞之，足之蹈之也」〔註 3〕。此一思惟，唐孔穎達曾加以闡釋說：「詩者，人志

〔註 1〕沈約：《宋書．謝靈運傳贊》曰：「民稟天地之靈，含五常之德，剛柔迭用，喜慍分情。夫志動於中，則歌詠外發。六義所因，四始攸繫，升降謳謠，紛披風什。雖虞夏以前，遺文不覩，稟氣懷靈，理或無異。然則歌詠所興，宜自生民始也」。北京．中華書局，1997 年 11 月，總頁 455。又朱光潛《詩論》稱：「詩或是『表現』內在的感情，或是『再現』外來的印象，或是純以藝術形象產生快感，它的起源都是以人類天性爲基礎。所以嚴格地說，詩的起源當與人類起源一樣久遠。」見朱光潛撰：《詩論》，合肥．安徽教育出版社，1997 年 9 月，頁 7。

〔註 2〕見阮元校勘：《十三經注疏》，台北．大化書局，1982 年 10 月，總頁 1304。

〔註 3〕同上註，頁 269～270。

意之所適也。雖有所適，猶未發口，蘊藏在心，謂之爲志。發見于言，乃名爲詩。言作詩者，所以舒心志憤懣，而卒成于歌詠。故《虞書》謂之『詩言志』也。包管萬慮，其名曰心；感物而動，乃呼爲志。志之所適，外物感焉。言悅豫之志則和樂興而頌聲作，憂愁之志則哀傷起而怨刺生。《藝文志》云：『哀樂之情感，歌詠之聲發。』此之謂也」〔註 4〕。文中所謂「志」者，其內涵與「情」、「意」等同，亦即人內心之情感與意志。

到了南宋朱熹《詩集傳》中延伸其義愈發淋漓盡致，其〈序〉云：「人生而靜，天之性也；感於物而動，性之欲也。夫既有欲矣，則不能無思；既有思矣，則不能無言；既有言矣，則言之所不能盡，而發於咨嗟詠歎之餘者，必有自然之音響節奏而不能已焉。此詩之所以作也」〔註 5〕。人天生就有情感意志，情感意志自然需要表達，而表達情感意志最佳的方式莫如詩歌。

詩歌不僅發攄情志，陶冶性靈，變化氣質；同時反映生活，觀照時代，彰顯社會，因此成爲華夏民族最重要的文化瑰寶之一。上溯《詩經》，下逮明清，每個時代皆有優秀的詩人與詩歌。通過前賢之裒輯與研究，各類題材詩歌如詠史、遊仙、豔情、詠物、送別、邊塞、山水、閨怨、田園……等，其源起與沿革均獲一定程度的闡微。

就詠史詩流變觀之，學者以爲「它濫觴於先秦，發展於西漢，豐富於魏晉南北朝，繁盛於唐宋，延續於元明清，歷代都不乏優秀的作品」〔註 6〕。然正如韋春喜《宋前詠史詩史・引言》所云：「就目前研究現況而言，詠史詩還沒有引起學界的足夠重視」、「……關注範圍過分聚焦於這一時期（中晚唐詠史詩），使詠史詩的階段性研

〔註 4〕同上註，頁 270。

〔註 5〕朱熹注、王華寶校點：《詩集傳》，南京・鳳凰出版社，2007 年。

〔註 6〕參買鴻德：〈古代詠史詩簡說〉，《西北民族學院學報（哲學社會科學版）》，1990 年，第 2 期，頁 101。

究呈現出極不對稱的格局和失衡傾向。」、「漢、魏、晉、南朝、北朝、隋代、初唐、宋、元、明、清詠史詩綜合研究的冷落、甚至空白。這種研究狀況使詠史詩研究陷入了非常局促、狹小的境地，使人很容易產生只有中晚唐詠史詩才值得關注的錯覺。這嚴重制約了我們對詠史詩的全局性認知，使我們無法對詠史詩的發展演變、各時代的總體風貌等有一個宏觀綜合性把握」〔註 7〕。面臨如是研究現象，觸發筆者思索焦循曾於《易餘籥錄》卷十五中發表文學觀點「一代有一代之所勝」〔註 8〕，而王國維的《宋元戲曲史・自序》也呼應其論書寫具體的內涵，其曰：

> 凡一代有一代之文學：楚之騷，漢之賦，六代之駢語，唐之詩，宋之詞，元之曲，皆所謂一代之文學，而後世莫能繼焉者也。〔註 9〕

從文學演進的歷程而言，他們的說法是正確的，詩歌到了唐朝，進入黃金時代，藝術成就達到巔峰，後世詩歌難以並駕齊驅。

然自詠史詩的形成、發展、成熟與進一步延續細察，唐以後的作品，並非全然「莫能繼焉」，韋春喜以為「後於中晚唐的宋代仍舊是詠史詩的繁盛期，而元明清則是詠史詩的流變期。這兩大時期的詠史詩繁盛程度是非常驚人的」〔註 10〕。此外，降大任在〈試論我國古代詠史詩〉一文中談及宋代詠史詩時也說：

> 詠史詩到宋代進入第三發展期。……這一時期許多詠史詩作家畢竟並未完全化為冷靜的哲人，他們的激情並未冷

〔註 7〕參韋春喜：《宋前詠史詩史》，北京・中國社會科學出版社，2010 年 2 月，頁 1～7。

〔註 8〕焦循《易餘籥錄》卷十五云：「夫一代有一代之所勝，捨其所勝以就其不勝，皆寄人籬下者耳。余嘗欲自楚騷以下至明八股，撰為一集。漢則專取其賦，魏晉六朝至隋則專錄其五言詩，唐則專錄其律詩，宋專錄其詞，元專錄其曲，明專錄其八股，一代還其一代之所勝。」，《叢書集成續編》第 91 冊子部，台北・新文豐出版社，1988 年。

〔註 9〕王國維：《宋元戲曲史》，台北・台灣商務印書館，1994 年 12 月，頁 1。

〔註 10〕同註 7，頁 7。

> 卻。像前面提到的代表作家中仍有許多人的作品繼承了唐代優良傳統，而且在題材的廣度與深度上有所拓新。〔註11〕

他強調宋代詠史作品不僅能承繼唐代優良傳統，並在題材上進行深度與廣度的拓新。此一視點，與後來學者的專題研究是相符合的。〔註12〕

宋朝以後，詠史詩發展進入第四期，即元明清三代。降大任說「這一時期，古典詩歌的發展走向衰落，詠史詩的創作仍然不絕如縷，到清代甚至有增無減」〔註13〕。另一位大陸學者劉潔也談到:「有清一代，詠史詩的創作數量與前代相比有增無減，成爲詩歌史上引人注目的奇特現象」〔註14〕。至若岳希仁在《古代詠史詩精選點評》一書的「前言」中也說「清代是中國古典詩歌的復興時期，也是最後的輝煌。詠史詩在清代又放出了光芒」〔註15〕。基於這些學者的研究心得，吸引筆者的目光停駐在清代詠史詩這一塊版圖上。

在進一步確立主題之前，必須提出幾點說明。首先，清代詩人眾多，據錢仲聯主編的《清詩紀事》所錄，約有七千多位詩人〔註16〕。而這還不是全部詩人的總數。況且，清代詩歌總集的編纂，除了近人徐世昌所輯《清詩匯》(即《晚晴簃詩匯》)，收清代詩人六千一百餘家，得詩二萬七千餘首之外，目前尚未見到《全清詩》的版本出現。

其次，檢閱《四庫全書》、《續修四庫全書》中清代詩人的詩歌別集，動輒千百首，作品之眾，內容之豐，洵令人歎爲觀止，限於筆者

〔註11〕該文收錄於降大任、張仁健注析：《詠史詩注析》，太原・山西教育出版社，1985年，頁492。

〔註12〕參陳吉山《北宋詠史詩探論》(國立成功大學歷史語言研究所碩士論文，1993年)和季明華《南宋詠史詩研究》(國立成功大學歷史語言研究所碩士論文，1993年)。

〔註13〕同註9，頁493。

〔註14〕劉潔：《唐詩題材類論》，北京・民族出版社，2005年11月，頁127。

〔註15〕岳希仁：《古代詠史詩精選點評》，桂林・廣西師範大學出版社，1996年10月，頁5。

〔註16〕錢仲聯主編：《清詩紀事》，南京・鳳凰出版社，2004年4月，頁1。

的學殖與稟賦，僅能選擇某一時期的重點詩人加以探討。而選擇的方向乃從文學史、詩歌史、詩學史中求索。

一般文學史中介紹清代詩歌時多採重點式的敘述，如葉慶炳《中國文學史》第三十三講〈清代詩文〉之目次為：

清初詩壇　王士禛　趙執信　沈德潛　袁枚　鄭燮
晚清詩人　桐城派散文　陽湖派、湘鄉派〔註17〕

其中清初詩壇論述錢謙益與吳偉業兩人，之後則著重於創立詩說的大家，如主「神韻」之王士禛，重「聲調」之趙執信，講「格律」之沈德潛，倡「性靈」之袁枚等，至於晚清詩人開列鄭珍、金和、黃遵憲與沈子培、陳三立等兩派，將清代詩歌作概略性的描繪。

又劉大杰的《中國文學發展史》第二十九章論〈清代的詩歌〉，其內容有：

一、緒說
二、清初詩歌
三、遺民詩
四、康雍年間的詩歌
五、乾嘉詩風
六、鴉片戰爭前後的詩歌
七、詩界革命與清末詩歌

端詳此章所列之目，儼然將清詩的分期作初步規畫。儘管各節述說，或有深淺，要為不可忽視之參考資料。

在詩歌史方面，葛芝青《中國詩詞史》第十二章〈清詩〉，敘述清詩的復興與宗派，繼之論清初詩人，清代中葉詩人和晚清詩人，列舉大家之作，言簡意賅。〔註18〕

而李曰剛的《中國詩歌流變史》是一部專論中國詩歌源流與變遷的大作，他將清詩區分為：

〔註17〕葉慶炳：《中國文學史》，台北・台灣學生書局，1987年8月，頁337。
〔註18〕參葛芝青：《中國詩詞史》，星加坡・文心出版社，1959年1月，頁208～220。

一、初清——順康雍蛻化期（西元一六四四～一七三五）
二、盛清——乾嘉全盛期（西元一七三六～一八二〇）
三、中清——道咸轉變期（西元一八二一～一八六一）
四、晚清——同光宣後勁期（西元一八六二～一九一一）

〔註 19〕

形式上仿照唐代詩歌分初、盛、中、晚四期，而成爲研究清代詩歌分期的一種方便法門。

復觀嚴迪昌《清詩史》，眉目清晰，文分四編：

第一編　風雲激蕩中的心靈歷程（上）遺民詩界
第二編　風雲激蕩中的心靈歷程（下）清初詩壇
第三編　「升平盛世」的哀樂心聲：清中葉朝野詩壇
第四編　風雨飄搖時的蒼茫心態：晚近詩潮〔註 20〕

四編之中又細分章節，縷析清詩各期之詩歌流派與名家，進而探究其詩學觀和作品之藝術成就，廣度與深度兼全。

逮及劉誠《中國詩學史》之「清代卷」問世，擘劃清代詩學的分期及主要傾向和主張作深入剖析，其「第一章概說」云：

> 清代詩學的發展大致可劃分爲三個階段：初期爲順治、康熙時期；中期以乾隆時期爲主，前後的雍正、嘉慶也屬之；後期始於鴉片戰爭前後迄民國的建立。以上分期以君主在位時間爲界限，其實，詩學進展的内在脈絡並不一定受此限制。〔註 21〕

「概說」之後，又有「對於明詩的反思與審視」、「清初詩學的建樹」、「王朝興盛和學術繁榮下的詩學（上）」、「王朝興盛和學術繁榮下的詩學（下）」、「新舊交替之際的詩學」、「中國古典詩學的終結」等章次，條理分明，厥爲研究清代詩學之重點參考書籍。

〔註 19〕李曰剛：《中國詩歌流變史》，台北・文津出版社，1987 年 2 月，頁 707～940。
〔註 20〕嚴迪昌：《清詩史》，杭州・浙江古籍出版社，2002 年 12 月。
〔註 21〕劉誠：《中國詩學史》（清代卷），廈門・鷺江出版社，2002 年 9 月，頁 2。

憑藉前輩學者的研究成果，啓迪筆者而確立主題爲：「乾隆三大家詠史詩研究」，以袁枚、蔣士銓、趙翼三家之詠史作品爲分析、探微對象，一則接續前人之研究〔註22〕，一則揭示乾隆三大家詠史詩之寫作內涵與藝術展現，從而彰顯其地位與影響，爲中國詠史詩之研究，再盡綿力。

第二節　研究範圍與方法

清詩是中國古典詩歌史上集大成的總結時期，也是詠史詩再度綻放光芒的年代。明清之際，山河鼎革，詩人心靈遭受衝擊，政治社會的動盪不安、經世精神、重史學風和文網初張等因素〔註23〕，形成大量詠史詩作的湧現，本是可以理解的現象。至清代中葉，政治趨於穩定，自高宗愛新覺羅弘曆乾隆初起（1736），以迄仁宗顒琰嘉慶末止（1820），凡八十五年，爲有清一代全盛時期，太平之世，詠史之作，應該不多，然事實並非如此，因爲民族矛盾的問題始終未得妥善解決，昇平只是表面，益以清廷大興文字之獄，企圖箝制文人思想，在統治者的高壓政策之下，許多進步詩人的民族意識，反專制思維難於公開表達，他們不得不轉向詠史詩，於是借史抒憤、借史取鑒的詩歌於焉產生，數目龐大，帶來清代中葉詠史詩的空前繁盛，這是一個值得關注的現象。在諸多優秀詩人中，筆者選擇袁枚、蔣士銓和趙翼三人的詠史作品，除了他們是當時詩壇上的重點人物，曾被譽爲「乾隆三大家」，蘊含相當程度的標識意義與影響力量之外，最主要是他們的詠史詩帶有傳承與創新的特質，要呈示此一特質，須從幾個面向著手。以下針對本文的研究範圍、方法，略加說明。

〔註22〕前此有黃俊傑《明清之際詠史詩研究》（國立彰化師範大學國文學系碩士論文，2002年）。

〔註23〕參黃俊傑《明清之際詠史詩研究》。

一、研究範圍

論文既以「乾隆三大家詠史詩研究」爲題，嘗試分析探論袁枚、蔣士銓、趙翼三位詩人詠史詩之精微，必須對三大家由來、三大家詩人的生活年代及詠史作品進行爬羅梳理。

袁枚、蔣士銓、趙翼並稱爲「乾隆三大家」主要與袁枚、趙翼詩作和當時詩話、詩集中的記載相關，如袁枚〈仿元遺山論詩〉云：「雲松自負第三人，除卻隨園服蔣君。絕似延平兩龍劍，化爲雙管鬥風雲」〔註 24〕，詩歌中隨園爲袁枚自稱，蔣君則指蔣士銓。趙翼〈袁子才挽詩〉也說：「三家旗鼓各相當」（《甌北集》卷三九）。至於清代詩話中多將三人並列討論，舉要如下：

> 雲松性情蕩儻，才調縱橫，而機警過人。……同時與袁子才、蔣心餘友善，才名亦相等。」（王昶《湖海詩傳蒲褐山房詩話》）
>
> 觀察詩與袁、蔣齊名，雄才鼎峙。（潘瑛、高岑《國朝詩萃二集》）

自袁、趙、蔣三家同起，舉世風迷靡，詩體一變，爲講格律者所集矢。（徐世昌《晚晴簃詩匯詩話》）〔註 25〕。

此外又有同治《鉛山縣志》卷十五〈蔣士銓傳〉云：「錢塘袁枚、陽湖趙翼先與士銓同館，彼此心相契，名亦相埒，時有袁、蔣、趙之稱，然雲崧自謂第三人」〔註 26〕。之後文學史家、詩歌史專著逕以「乾隆三大家」名之。

袁枚、蔣士銓、趙翼雖被稱爲「乾隆三大家」，其生活年代卻與康熙、雍正、乾隆、嘉慶四朝相關。袁枚生於康熙五十五年（1716），卒于嘉慶二年（1798）。蔣士銓生於雍正三年（1725），卒于乾隆五十年（1785）。趙翼生於雍正五年（1727），卒于嘉慶十九年（1814）。緣此，本文的研究範圍即從康熙五十五年（1716）至嘉慶十九年

〔註 24〕見《小倉山房詩集》卷二十七。

〔註 25〕見《清詩紀事》，頁 1462～1464。

〔註 26〕見李夢生、邵海清《忠雅堂集校箋》上海．上海古籍出版社，1993 年，頁 2495。

（1814）。

至於三人的詠史作品，經過選取、統計，共得袁枚詠史詩 270 首，蔣士銓詠史詩 185 首，趙翼詠史詩 311 首（見附錄）。

其中袁枚詩歌以《小倉山房詩集》爲主，《小倉山房詩集》共收袁詩 4330 首，詠史詩 270 首，約佔總數的 6.2%。蔣士銓詩歌以《忠雅堂詩集》爲主，《忠雅堂詩集》共收蔣詩 2596 首，詠史詩 185 首，約佔總數的 7.1%。趙翼詩歌以《甌北集》爲主，《甌北集》共收趙詩 4810 首，詠史詩 311 首，約佔總數的 6.5%。

二、研究方法

論文書寫，著重言之成理、持之有故，爲辨章學術、考鏡源流，須輔以適切研究方法，始達事半功倍之效。本文研究乾隆三大家詠史詩，欲從詠史詩源流、詩人生平、詩集中之詠史作品、時賢與後人之評述，探究其旨歸、寫作內涵、藝術呈現等層面，同時比較、分析詩論與詩作之實際情形，進而透顯乾隆三大家詠史詩之地位與價值。

選取之研究方法如下：

（一）數據統計法

近代學者善用數據統計法，支持其文章視點與論域，如邱燮友〈從數據來研究唐三大家詩〉中談到郭沫若與翁文嫻時，稱郭沫若《李白與杜甫》一書，曾對李白詩中「酒」字用詞作統計，得一百七十首。翁文嫻則將李白詩中提及「月亮」之章，進行歸結，得三百四十一首。若依瞿蛻園、朱金城二人編纂之《李太白集校注》爲主要版本，李白詩共一千零五十首，那麼，李白詩中的酒，只佔五分之一強，而李白詩中的月亮，約佔三分之一強，故從李白對「酒」和「月亮」而言，李白愛好「月亮」甚於「酒」〔註 27〕。同時，他認爲「用數據統計法，

〔註 27〕邱師燮友〈從數據來研究唐三大家詩〉，發表於玄奘大學 2009 年 5 月 5 日「古典詩歌研討會」。（筆者所據爲持贈稿）

來分析唐白、王維、杜甫三大家詩，所得的結論，是條可行而難以推翻的事實」〔註 28〕。筆者參酌其說，統計乾隆三大家詠史詩篇與體裁，如下：

詩人／體式	古詩	律詩	絕句	總計
袁枚	五言：30	五言：13	五言：9	270
	七言：17	七言：63	六言：3	
	雜言：14		七言：121	
蔣士銓	五言：35	五言：18	五言：0	185
	七言：25	七言：39	七言：64	
	雜言：4			
趙翼	五言：54	五言：15	五言：0	311
	七言：32	七言：156	六言：1	
	雜言：10		七言：43	

同時通過歷史人物、事件資料之羅列，透悉三家詩人關注的朝代各有側重，袁枚詠史共 270 首，於漢（60 首）、唐（46 首）著墨最多；蔣士銓詠史 185 首，其中詠唐（34 首）、明（31 首）二朝較著；趙翼詠史 311 首，於宋（60 首）、明（56 首）兩代用力爲深。

（二）文獻探究法

乾隆三大家所以屹立詩壇，不惟詩作豐贍，擲地有聲，其詩學主張同樣震古鑠今，影響深遠。三大家均著詩集傳世，如袁枚《小倉山房詩集》三十九卷（正三十七卷，補二卷），蔣士銓《忠雅堂詩集》二十九卷（正二十七卷，補二卷），趙翼著《歐北集》五十三卷。其於詩歌創作，亦各負理念與主張，如袁枚撰《隨園詩話》，趙翼撰《甌北詩話》等論詩專集，蔣士銓雖無論詩專門著述，卻不乏詩歌理論之建立，其詩歌主張、認知與見解，散見於《忠雅堂文集》、《忠雅堂詩集》和其他相關著作當中。自文獻內容之裒集、探尋，將詩

〔註 28〕同上註。

話及相關詩論文章，互爲印證，俾使對三大家詠史詩篇獲致全面性認知。

（三）歷史批評法

依據三大家歷史背景進行考索，觀察其創作歷程之政治氛圍和社會環境，藉以探究詩篇深層底蘊。如當時朝廷採行高壓統治，具體措施爲武力殘酷鎮壓、厲行薙髮之令和屢興文字之獄。此外，舉凡批評朝政，無關排滿，亦屬高壓之列，甚而舉發之人，可得功名，是以告密之風漸開，使得學者思維受縛，著眼明哲保身。由於政治氛圍此等肅殺，詩人只得借詠物、詠史詩寄托襟抱，以避禍端。再如社會環境方面，諸多衝突與內亂，浮出檯面，詩人置身此境，既不能明說，又無法視而不見，自然選取「詠史」加以呈顯，像趙翼〈感事〉〔註 29〕一詩，借用《戰國策・齊策》、《史記・汲鄭列傳》和《莊子・外物》等典故，流露出他對當時政局隆污的厭惡之情，透過歷史批評法，便於了解詩文中象徵涵蘊和言外之意。

（四）文本詮釋法

文本詮釋爲針對三大家詩集統計後之詠史篇章加以分析詮釋。詠史詩不同於一般觀念中之文學創作，它比抒情詩、敘事詩所蘊含之歷史材料更概括、更集中。同時亦較一般史學專著更富感情色彩與生動形象，屬於文學和史學兼全之藝術創作。詩人於建構詠史詩時，經常選用一或多位富有審美意義的歷史人物或事件作爲吟詠對象，經由對這些人物事件的追憶與尋繹，表達個己對歷史的理解和認識，以抒發某種志向和情感，這些均與詩人學養、詩學理念息息相關，運用文本詮釋，易於掌握作者詠史題材和情志內蘊。同時從語言和情感思想聯繫、衍生的藝術層級，如：意象營構、修辭技巧和體式運用等，亦得於文本詮釋中將之呈顯。

〔註 29〕《甌北集》卷三十六。

第三節　研究現狀

由於網路資訊的發達，兩岸學術研究成果的取得也相對日趨便捷。本節擬從兩岸學位論著、代表性的期刊文章和詩歌選本等三方面作簡述，藉之呈示乾隆三大家詠史詩之研究現狀。

一、兩岸學位論著

有關三大家詠史詩或與之繫聯學位論著，台灣與大陸近幾年來均呈明顯上揚，台灣方面，知見文章如：王怡云《安居隨園——袁枚詩中所映現的生命向度》（台南國立成功大學中國文學研究所碩士論文，2009 年 7 月）。郭佳燕《袁枚詩論之實踐研究》（台北國立台灣師範大學國文系教學碩士班碩士論文，2011 年 6 月）。此二著雖非專論袁枚詠史作品，在詩學與詩作結合研究上開啓新的向度。

大陸方面以三大家詩歌作爲學位論文題目者，就筆者所見爲：封萬超《春墨與性靈——袁枚的人生與詩學》（濟南山東大學中國古代文學所碩士論文，2004 年 8 月）。王殿明《趙翼詩歌研究》（蘭州西北師範大學碩士學位論文，2005 年 5 月）。徐國華《蔣士銓研究》（上海華東師範大學中文研究所博士學位論文，2005 年 7 月）。張紹華《詩人之詩：性靈主題與袁枚詩歌的審美特徵》（蕪湖安徽師範大學美學所碩士學位論文，2007 年 5 月）。李豔梅《趙翼詩歌分類研究——詠史懷古詩研究》（西安陝西師範大學碩士學位論文，2007 年 4 月）。李秋霞《袁枚與唐宋詩關係研究》（南昌江西師範大學碩士研究生學位論文，2009 年 4 月）。彭娟《蔣士銓詩歌新論》（大連遼寧師範大學碩士學位論文，2010 年 5 月）等。

學者專注潛研名家之作，漸啓風尚，而將三大家合觀深究之篇尙不多見，唯李然《乾隆三大家詩學比較》（上海華東師範大學古籍研究所博士學位論文，2005 年 5 月）歸納、演繹三大家詩學觀之同異。

二、代表性的期刊文章

至如發表於期刊上之單篇學術專文，兩岸學者用力甚勤，略行比觀，大陸學者所書寫之量佔顯明優勢，由於其數眾多，在此只能選取代表性的篇章。

先從三家同題作品切入分析，如王建生〈袁枚趙翼蔣士銓三家同題詩比較研究〉（台中《東海中文學報》，2007 年 7 月，第 19 期）。鮑衍海〈乾隆三大家詠王安石詩歌比較〉（瀋陽《瀋陽大學學報》，2008 年 12 月，第 20 卷第 6 期）。拙文〈梅花人拜土俱香——試論乾隆三大家詠史詩中的史可法〉（桃園《萬能科技大學學報》，2008 年 7 月，第 30 期）。王氏之作剋就三家酬酢、詠物、寫景、詠史等四類詩比觀，進而歸結袁枚詩偏向文學家風味，對子女教育、生死思想開通；趙翼詩衡量古今史事變化，雜以個人見解；蔣士銓詩端莊，以忠孝爲本，用字較爲典雅。鮑氏文章取三位詩人詠王安石詩篇比較賞析其內容，得趙詩客觀公正，充滿理性；袁詩認識主觀，拘泥于流俗；蔣詩比較客觀，但有偏頗。拙文則依據三家詩詠史可法諸作予以分析、評述，藉之端詳三者取義與風貌格調。

其次，爲探討各家詩歌思想內蘊或藝術特徵之篇，先談袁枚，如王英志〈袁枚的諷諭詩〉（《齊魯學刊》，1987 年，第 2 期）。王忠祿〈論袁枚詩歌的民主意識〉（《甘肅教育學院學報（社會科學版）》，2003 年，第 3 期）。梁結玲〈袁枚詩歌的生命意識〉等。王英志詮解其詠史詩與詠物詩體現袁枚針砭時弊、揭露世俗醜惡的內核。王忠祿從五個層面考述袁枚詩歌之民主意識：（一）對儒學及其傳統的叛逆。（二）反對等級特權，提倡平等，尊重女性。（三）批判封建禮教，大膽表現男女。（四）「唯我是適」，追求精神自由與個性解放。（五）「不諱好財」，「九州添設富民侯」的金錢觀念。梁結玲通過詩歌作品的分析，探尋袁枚對生命的思索。

接著說趙翼，如王樹民（〈趙翼的詩和史學〉（秦皇島《燕山大學學報》（哲學社會科學版），2000 年 11 月，第 1 卷第 4 期）。李鵬〈史學趙翼與文學趙翼：學者身分和詩人身分互動的個案研究〉（南昌《江西師範大學學報》（哲學社會科學版），2005 年 7 月，第 38 卷第 4 期）。張濤〈創新：詩歌創作的價值體現——對趙翼詩歌理論的另一種詮釋〉（荊州《荊州師範學院學報》（社會科學版），2003 年，第 4 期）。張濤〈史與詩的合璧：作爲史家身分的趙翼詩歌創新〉（《河北學刊》，2003 年 5 月，第 23 卷第 3 期）。張濤〈憂患・尚情・本眞——對趙翼詩歌人文精神的初步梳理〉，《河北師範大學學報》（哲學社會科學版），2004 年 7 月，第 27 卷第 4 期）。李鵬〈趙翼的詠史詩〉（《古典文學知識》，2008 年，第 3 期）。周玉紅〈雄麗奇恣獨抒性靈——清代詩人趙翼詩風淺析〉（《作家雜誌》（古典文學新探），2011 年，第 1 期）。趙興勤〈清峭奇崛跌宕多致——趙翼詩風初探〉，《古典文學知識》，2007 年，第 6 期）。孫琦英〈趙翼詠史詩的經世情懷〉（《語文知識》，2008 年，第 2 期）。

學者探論趙翼，或說其詩與史學關係；或詮其詩歌創新之要；或品其詩歌風格多樣；或理其詩歌人文精神，均獨具隻眼，深富學術價值。當中孫琦英論趙翼詠史之經世情懷展現於三方面：（一）借詠史抒發經世之志。（二）於詠史中較少發思古幽情，注重以史爲鑑。（三）繼承詠史詩借古諷今之傳統，用對史事吟詠來表達對現實社會之憂慮。其觀點提供本文研究諸多助益。

最後是蔣士銓，如羅時進〈蔣心餘的情感心態及其詩歌藝術特徵〉（《蘇州大學學報》（哲學社會科學版），1997 年，第 2 期）。徐國華〈談忠說孝氣嶙峋但爲循吏死亦足—試論蔣士銓詩歌「忠孝」意識與「循吏」情結〉（《寧夏社會科學》，2008 年 3 月，第 2 期（總第 147 期））等。羅氏以《蔣清容手書詩稿》爲依據，考察心餘情感世界之豐富內涵。徐氏則認爲蔣士銓詩含濃厚「忠孝」意識和強烈「循吏」情結兩大主題意向，於清詩史上具有獨特地位與影響，值得重新審視與評價。

上列專文撰述精審，顯示袁枚、蔣士銓、趙翼等三家詩研究逐漸趨於圓熟之境，而關於三家詠史詩的綜合研究，相對而言，尚不普遍，有待學者們的深耕與拓植。

三、三大家詩歌選本與評傳舉要

在學位論著與期刊文章之外，兩岸學者也編撰系列詩歌選本與評傳，與乾隆三大家相關者如：（一）周舸岷選注《袁枚詩選》（杭州浙江古籍出版社，1989 年 10 月）。（二）吳長庚選注《蔣士銓詩選》（鄭州中州古籍出版社，1990 年 12 月）。（三）胡憶蕭選注《趙翼詩選》（鄭州中州古籍出版社，1985 年 2 月）。（四）杜維運著《趙翼傳》（台北時報出版，1983 年 4 月）。（五）楊鴻烈著《袁枚評傳》（台北牧童出版社，1976 年 3 月）。（六）王英志著《袁枚評傳》（南京南京大學出版社，2002 年）。（七）趙興勤著《趙翼評傳》（南京南京大學出版社，2002 年 5 月）等。編撰、評論者除了盡選取、纂輯之力，也在選本前言與評傳各章敘述作者生平、詩學思想以及文學特質，其功與前述發表文章者同等重要。

第二章　乾隆之前詠史詩發展述略

歷來研究詠史詩的學者均嘗試爲詠史詩做一番圓融定義，儘管它是一件不容易辦到的事！主要原因在於古典詩歌發展的過程中，曾出現另外一種與詠史詩頗爲相近的詩歌品類——懷古詩。這兩種詩歌品類都是以歷史人物、事件爲寫作題材和主題內容，在唐代以前尚且容易辨析，因爲唐前詠史詩與因古跡觸發而興感的懷古之作，有明顯的分界，至初盛唐時期，這兩類詩漸趨融合，如陳子昂〈薊丘覽古〉七首和李白〈登廣武古戰場懷古〉等〔註1〕，到了晚唐五代，更出現轇轕與相混的情形，像胡曾〈詠史〉一百五十首，雖題爲〈詠史〉，部分詩歌內容卻是懷古興味濃厚〔註2〕。因此，在探討乾隆三大家詠史詩之前，有必要說明本文選取詠史詩的依據，亦即對詠史詩做基本意涵的界定。再則，乾隆以前詠史詩的發展流變也是本章敘述重點，一來可以掌握詠史詩的發展脈絡，二來能曉暢各朝詠史作品之特質。

〔註1〕廖振富云：「六朝時代，詠史詩與因古跡觸發而興感的懷古之作，有明顯的分界，不相混淆。時迄唐代，正式出現不少以『懷古』爲詩題的作品，大抵與詠史詩仍是各具不同特徵而涇渭分明的。然而，這時期少數作品的出現，卻打破二者的平行關係，而使詠史與懷古有融合的現象。」參見氏著：《唐代詠史詩之發展與特質》，台北・台灣師範大學國文研究所碩士論文，1989年5月，頁88。

〔註2〕如〈細腰宮〉詩：「楚王辛苦戰無功，國破城荒霸業空。唯有青春花上露，至今猶泣細腰宮。」(《全唐詩》卷647)

第一節　詠史詩界說

「詠史」，顧名思義爲吟詠歷史，亦即以歷史人物、事件作爲詩歌題材，就字面上來說，原無可爭議，然實際上並非如此簡單，古人吟詠歷史時，事先並沒有我們所想像之嚴格題材意識，其創作大多比較自由，比較隨意。就題目上看，有直稱〈詠史〉者，如班固〈詠史〉。也有逕以所詠事件或人物爲題者，如謝翱〈鴻門宴〉、羅隱〈西施〉。有題爲〈詠史〉實爲借史詠懷者，如左思〈詠史〉八首。也有題爲〈感遇〉而實爲詠史者，如陳子昂〈感遇〉。又有題作〈古風〉、〈古意〉、〈覽史〉、〈覽古〉……者，實際內容卻是詠史無疑。

其後「懷古」詩的出現，在內容上很容易和「詠史」詩彼此混融，於是「詠史懷古」或「懷古詠史」之類籠統泛稱隨處可見，然究其實質涵義，詠史詩與懷古詩還是有不同的書寫傾向。爲清眉目，以下分成詠史概念陳述和詠史詩、懷古詩辨析等兩點來說明，期冀對詠史詩之義界更加清楚明白。

一、詠史概念陳述

首先，「詠史」一詞，主要包含兩個部分，即「詠」與「史」。其中「史」的範圍要比史家認定之「史」廣泛些，如趙望秦謂「舉凡古籍或傳說歌謠中被作爲歷史（曾經或實或虛的『存在』）接受、傳承之人物、事件，也應屬於詠史詩所包含的『史』，哪怕詩人明確知道其僅僅是個傳說。」〔註 3〕，黃雅歆也說「而就詠史的對象而言，除了正史的人事外，尚應包括了野史與傳說。」、「野史中的王昭君故事，傳說中的仙人王子喬，以及神話故事中的刑天與精衛等，都可成爲詠史的對象。」〔註 4〕要而言之，學者們認爲正史、野史、神話、傳說皆屬詠史之「史」的範疇。

〔註 3〕參氏著：《唐代詠史組詩考論》，西安・三秦出版社，2003 年，頁 3。

〔註 4〕見黃雅歆：〈魏晉詠史詩之發展與構成形式・前言〉，台北《中國文學研究》，1990 年 5 月，第四輯，頁 229。

而詠史之「詠」，就字面解釋有三義：其一，曼聲長吟之歌唱謂之詠。其二，以詩、詞來描寫景物，抒發情感，是爲詠。其三，諷誦爲詠〔註 5〕。就表現上而言，大陸學者降大任以爲其要件在於「直接歌詠」、「寄寓思想感情」、「表達議論見解」〔註 6〕，蔡英俊較側重「表達個人對歷史事件或人物的觀感」〔註 7〕，季明華則歸結「詠史詩本身是對歷史進行構思的一種詩歌類別，就構思的層次而言，實已包含了引申發揮、重新詮釋、藉古論今及翻案立說等辯證模式，故以此爲表現方式的即爲『詠』，也是詠史詩中展現意義最重要的一部分」〔註 8〕此一詮釋「詠」的意蘊，無疑是較爲完備的。

其次，詠史與用典，也需要澄清。降大任說：

> 古典詩歌創作中的「用典」，與詠史詩也需分清。古詩用典，大多關涉古人古事，有的詩幾乎通篇用典，但並非詠史詩。因爲，「用典」是創作手法問題。詠史詩卻是指古詩的一種類別，與是否用典，是性質不同的兩碼事。〔註 9〕

除了甄別兩者的差異，作者更舉實例驗證：

> 比如金代元好問的兩首詩，一首是〈讀靖康僉言〉，詠北宋末年「靖康之變」，以北宋滅亡的史事寄托金將亡的悲憤與感慨，屬詠史範疇；另一首〈出都（二首之一）〉：「漢宮曾動伯鸞歌，事去英雄不奈何！但見觚棱上金爵，豈知荊棘臥銅駝？神仙不到秋風客，富貴空悲春夢婆。行過盧溝重回首，風城平日五雲多！」是詩中運用大量典故，影射詩

〔註 5〕參徐亞萍：《唐代詠史詩與中國傳統士文化關係之研究》，高雄．高雄師範大學國文學系博士論文，1999 年，頁 136。

〔註 6〕參降大任：〈試論我國古代詠史詩〉一文，附錄於氏著：《詠史詩注析》，太原．山西教育出版社，1991 年 6 月，頁 490。

〔註 7〕見蔡英俊著：《興亡千古事．前言》，台北．新自然主義公司，2000 年 5 月。

〔註 8〕季明華著：《南宋詠史詩研究》，台北．文津出版社，1997 年 11 月，頁 12。

〔註 9〕同註 6。

人亡國前夕的眞實情事，不是詠史。〔註 10〕

讓我們知道「用典」是詩的創作手法，而「詠史」是詩歌品類，其「歷史事件、人物的吟詠」是詩的主體，在本質上並不相同。

最後是詠史與「史詩」、「詩史」等相關語彙的區分。

關於「史詩」，西方文評家 Paul Merchant 在《論史詩（The Epic）》的序文中給史詩作一個很簡單的定義和分類，他說：「把史詩這個名詞局限於長篇的敘事詩，以六音步詩行或其相等物寫成，中心不是放在一名英雄之上，便是放在一個文明上頭。」〔註 11〕；詩人龐德（Ezra Pound）的定義更簡單，他的《閱讀初步》（ABC of Reading）說「一部史詩是一篇包含歷史的詩」〔註 12〕。降大任指出「史詩，主要指反映具有重大意義的歷史事件或以古代傳說爲內容的長篇敘事詩。」〔註 13〕，筆者查閱李澤厚、汝信主編的《美學百科全書》從而找到「史詩」的界說：

> 史詩，常指描述一個國家或民族形成和發展過程中的諸多英雄業績的長篇敘事詩。內容包括戰勝各種艱難險阻、克服自然災害、抵禦外侮等。古希臘的「荷馬史詩」——《伊利亞特》和《奧德修紀》，印度的《摩訶婆羅多》和《摩羅衍那》，古日耳曼人的《希爾德布蘭特之歌》和盎格魯·撒克遜人的《貝奧武甫》等，都是著名的史詩。史詩一般以歷史事件爲背景，描寫的多爲對本民族具有重大意義的事件，但是它的作用卻不在於記載歷史，而是教誨。〔註 14〕

詠史與史詩最大的不同在於體制、內容及詩歌精神。史詩多爲長篇巨構，詠史多爲短章之作；史詩內容所及多爲理想中的英雄，他們

〔註 10〕同前註。

〔註 11〕Paul Merchant 著、蔡進松譯：《論史詩（The Epic）》，台北·黎明文化事業公司，1978 年 2 月，頁 4。

〔註 12〕參龐德（Ezra Pound）《閱讀初步》（ABC of Reading），倫敦，1961 年，頁 46。

〔註 13〕同註 6，頁 487。

〔註 14〕李澤厚、汝信主編：《美學百科全書》，北京·社會科學文獻出版社，1990 年 12 月，頁 431。

的行爲和神話及理想中的英雄相吻合，而詠史詩中的人物可能是理想人物也可能是負面人物；史詩激勵人們仿效英雄，做出對本民族的發展和強大有益的壯舉，詠史則是反映詩人讀史心得、體會，通過描寫古人古事抒情寓理。

至於「詩史」一詞，是對某些古典詩歌的特定稱呼，不是詩歌文學分類概念。據龔鵬程的考證，詩史連稱，最早見於《宋書・謝靈運傳》:「先士茂製，諷高歷賞……。並直舉胸情，非傍詩史」及《南齊書・王融傳》:「今經典遠被，詩史北流」〔註 15〕。但其意義與後來唐人稱杜詩爲詩史有所不同，稱呼杜甫詩歌爲「詩史」者，首見於唐・孟棨《本事詩》:

> 杜逢祿山之難，流離隴蜀，畢陳於詩，推見至隱，殆無遺事，故當時號爲「詩史」。〔註 16〕

杜詩被稱作「詩史」的現象，在當時並不明顯，宋代以後漸漸流傳，迄明清而不絕〔註 17〕。從本質上檢閱「詩史」與「詠史」兩者是有所區別的，其中詩史的「史」是對後人而言的，對作者來說，只是他生活的當代耳聞目睹的現實社會生活。詠史詩的「史」，不僅對後人，對作者來說，也已是前代歷史。二者形式可以相同，內容所反映的時代性不同。如杜甫的〈三吏〉、〈三別〉等作品，吳偉業的〈圓圓曲〉等作品，可稱詩史，卻不是詠史詩〔註 18〕。

以上所列舉學者們的觀點，在實際進行詠史詩的擇取時，均有相當大的助益，以下再針對詠史詩與懷古詩作辨析。

〔註 15〕見氏著：《詩史本色與妙悟》，台北・台灣學生書局，1993 年 2 月，頁 19。

〔註 16〕唐・孟棨《本事詩》，見丁福保輯：《歷代詩話續編（上)》，台北・木鐸出版社，1988 年 7 月，頁 15。

〔註 17〕相關論述可參楊松年著：〈宋人稱杜詩爲詩史說析評〉、〈明清詩論者以杜詩爲詩史說析評〉,《中國古典文學批評論集》，香港・三聯書店，頁 127～184。

〔註 18〕同註 6，頁 488。

二、詠史詩、懷古詩辨析

從詠史詩與懷古詩的文學發展脈絡觀察，詠史詩略早於懷古詩，前者在先秦兩漢，後者在南北朝至初唐。而經過一番爬羅疏理，我們可以從古代的文獻記載和今人的學術論著中，獲知詠史詩、懷古詩在寫作內涵上的偏重取向。

（一）古代對詠史詩、懷古詩的認識

就目前所見文獻，《文選》是第一部將「詠史」作爲一類題材的詩文選本，當中有唐代呂向對王粲〈詠史詩〉解題云：「謂覽史書，詠其行事得失，或自寄情焉。」這裏點出詠史詩產生的因由是「覽史書」，成爲非常具有代表性的觀點。

後來日本弘法大師的《文鏡祕府論》直接據此給「詠史」下定義：「詠史者，讀史見古人成敗，感而作之。」〔註19〕。

宋代則有姚鉉《唐文粹》一百卷，選有「詠史」、「懷古」二類詩歌，《唐文粹》中的卷十至卷十八爲詩歌，卷十五有「懷古」類，卷十八有「詠史」類〔註20〕。將經臨古跡所詠看作懷古，而直接裁取史傳之作看成詠史，區分相對明確。

元代方回《瀛奎律髓》卷三爲懷古類詩，卷前有方回對懷古詩之界說：「懷古者，見古跡，思古人。其事無他，興亡賢愚而已」〔註21〕。此一界定既有創作緣起，也有具體內容。

到了清代袁枚的《隨園詩話》則稱「懷古詩」乃一時興會所觸，不比山經地志，以詳核爲佳。〔註22〕又沈德潛《說詩晬語》以懷古「必切時地」〔註23〕爲要件。可以看出古人在兩類詩歌的認識上多

〔註19〕日・弘法大師撰、王利器校注：《文鏡祕府論校注》，台北・貫雅文化事業公司，1991年12月，頁352。

〔註20〕姚鉉：《唐文粹》，上海・上海古籍出版社，1994年。

〔註21〕方回：《瀛奎律髓》卷三，台北・佩文書社，1960年8月。

〔註22〕王英志主編：《袁枚全集》冊三《隨園詩話》，南京・江蘇古籍出版社，1993年9月。

〔註23〕沈德潛：《說詩晬語》，台北・台灣中華書局，1987年8月，頁6。

以「創作緣起」爲區分關鍵，基本上，詠史是以讀史、覽史爲觸發媒介；懷古則見古跡，思古人，切時地爲創作因由。

（二）今人對詠史詩、懷古詩的詮解

今人在古人以「創作緣由」的基礎上，試著從「情志內容」、「詩歌精神」等層面甄辨兩者的差異。

其中以「情志內容」詮解詠史詩與懷古詩者，大略可以分爲早期和近期。早期有美籍學者劉若愚的觀點：

> 大體上，中國詩人對歷史的感覺，其方式很像他們對個人生命的感覺一樣：他們將朝代興亡與自然那似乎永久不變的樣子相對照；他們感嘆英雄功績與王者偉業的徒勞；他們爲古代戰場或者往昔美人，「去年之雪」（Ies neiges d'antan）而流淚。〔譯注：法國抒情詩人維雍（Francois Villon 1431～1463？）悼往昔美女的詩句。〕表現這種感情的詩，通常稱爲「懷古詩」。這與所謂「詠史詩」不同；「詠史詩」一般指示一種教訓，或者以某個史實爲藉口以評論當時的政治事件。〔註24〕

就懷古、詠史的實際內容而言，這段文字概括得並不全面，對詠史詩內容的界定也有些狹隘，然其揭示懷古詩中迴環往復的題旨：自然永恆，人生短暫、功業成空等，實爲眞知灼見，相當具有參考價値。

又如廖蔚卿認爲：

> 「詠史」詩大抵借一二古人古事以喻況自己，發揮個人情志；或對一二古人古事，加以批評。而「懷古」心靈所關懷與反省的，不僅是個人生命的存在，乃是眾人共同的命運，是社會的也是自然律的生命的困境。〔註25〕

相較於劉若愚的見解，廖氏對於詠史詩的內容概括得更加圓融。而當

〔註24〕劉若愚著、杜國清譯：《中國詩學》，台北・幼獅文化事業公司，1977年6月，頁82～83。

〔註25〕廖蔚卿：〈論中國古典文學中的兩大主題——從〈登樓賦〉與〈蕪城賦〉探討「遠望當歸」與「登臨懷古」〉，台北《幼獅學誌》，1983年5月，17卷3期，頁104。

中「借古人古事以喻況自己，發揮個人情志」也一直是歷代詠史詩人關注的主題。

此外，降大任對詠史、懷古兩類詩歌的辨析，多爲研究者所徵引，他說：「詠史詩是中國古代詩歌中作者直接歌詠歷史題材，以寄寓思想感情，表達議論見解的一個類別。」而「懷古詩則需有歷史遺跡、遺址或某一地點、地域爲依托，連及吟詠與之有關的歷史題材。」〔註26〕他不僅觀照兩者歌詠的「觸發點」，同時對詠史詩的內容作了進一步的掌握。

近期學者如劉學鍇也在「情志內容」上加以申論，他說：

> 懷古詩多因景生情，撫迹寄慨，所抒者多爲今昔盛衰、人事滄桑之慨；而詠史詩多因事興感，撫事寄慨，所寓者多爲對歷史人事的見解態度或歷史鑒戒。〔註27〕

讓兩類詩歌的分野更加明確。又如趙望秦綜合前人意見，定義「詠史詩」云：「直接裁取史傳上的人物、事件作爲題材而賦詩以歌詠之、歎美之、感慨之的詩歌作品。」定義「懷古詩」云：「登臨目睹古代舊址、古人遺跡而賦詩以追懷往事、寄興感慨的詩歌作品。」〔註28〕將降大任與劉學鍇之說加以統緒。

李翰在《漢魏盛唐詠史詩研究》一書中，將詠史、懷古的寫作緣起及內容上的聯系作了簡表：

<table>
<tr><th></th><th>詠史</th><th>懷古</th></tr>
<tr><td rowspan="2">寫作緣起</td><td>讀史書</td><td></td></tr>
<tr><td colspan="2">登覽古跡</td></tr>
<tr><td rowspan="2">內　　容</td><td></td><td>泛詠過去，感懷歎逝</td></tr>
<tr><td colspan="2">具體歷史人物、事件</td></tr>
</table>

〔註26〕降大任：〈試論我國古代詠史詩〉一文，附錄於氏著：《詠史詩注析》，太原・山西教育出版社，1991年6月，頁488～490。

〔註27〕見劉學鍇〈李商隱詠史詩的主要特徵及其對古代詠史詩的發展〉，北京《文學遺產》，1993年，第1期，頁46～55。

〔註28〕趙望秦：《唐代詠史組詩考論》，西安・三秦出版社，2003年，頁3～5。

並修正詠史詩的定義爲：「詩人在閱覽史書、典籍或經臨古跡之時、之後，針對其中人物、事件（歷史實有或僅爲傳說），而以詩筆再潤色摹寫；或因自身及現實境遇而聯及古人古事生發感慨，因而在寫作中呈現出某段歷史影跡的作品。」〔註 29〕已將部分含有懷古意緒的作品納入詠史的範疇當中，略有調和之意。

至於韋春喜《宋前詠史詩史》在通過闡釋「詠史」與「懷古」的關係問題後，歸結兩項重點：

> 第一，因地弔古的懷古詩是詠史詩的一部分。它與那些直接歌詠古人古事的詠史詩相比，僅僅是感懷歷史的方式有所不同：一爲間接，一爲直接。但最終都指向對歷史的關懷與思索，都可以用「詠史詩」來概括。
>
> 第二，從詩歌發展的角度講，較早成熟起來的詠史詩是直接歌詠一類，而因地弔古類則是從詠史詩內部發展而來的，並於南朝才初步興起。爲了更好地把握詠史詩的發展脈絡，可以把懷古詩作爲一個特定的對象給予關注。〔註 30〕

基本上是將懷古詩視爲詠史詩的一種類型，書中同時對詠史詩作界定，他說：「所謂詠史詩，是指以歷史人物、事件、古跡等爲題材或感觸點，對之進行吟詠、思索，借以抒發思想情感，表達議論見解、歷史感悟或借詠史以娛樂、諷諫、教育等的一種詩歌類型」〔註 31〕。從各種角度觀察，漸將詠史義界提升至新的層次。

而以「詩歌精神」甄辨兩類詩歌的論著，則有侯迺慧〈唐代懷古詩研究〉一文，作者認爲詠史詩在於「關注生命的現象」，懷古詩在於「關注生命的本質」〔註 32〕。間用哲學思維抽繹兩者的不同，很有

〔註 29〕李翰：《漢魏盛唐詠史詩研究》，桂林．廣西師範大學出版社，2006 年 6 月，頁 16～17。

〔註 30〕韋春喜著：《宋前詠史詩史》，北京．中國社會科學出版社，2010 年 2 月，頁 17～18。

〔註 31〕同註 30，頁 18。

〔註 32〕侯迺慧：〈唐代懷古詩研究〉，台北《中國古典文學研究》，2000 年 6

見地。

就以上前輩前者的詮解，讓我們越發清楚想正確區分詠史詩與懷古詩，不僅要從標題上觀察，同時也必須結合作品的情志內容來具體分析，當然，這些是判別兩者的一般性原則，並非唯一或絕對的標準，對於部分詠史中融滲懷古意緒的作品，也在本文選取之列，故而本文的詠史詩所指爲：以歷史人物、事件、現象、古跡等爲題材或觸發媒介，對之歌詠、反思，藉以寄寓情志，抒發議論、歷史感悟或鑒戒的詩歌品類。

第二節　乾隆以前詠史詩形成與沿革

詠史詩的歷史源遠流長，前輩學者探尋詠史詩的起源，普遍著重於兩個焦點：一是詠史觀念的生成，一是詠史詩題的出現。

詠史詩題的出現在東漢班固的作品裏〔註 33〕，而詠史觀念的生成，可以追溯到先秦文學的雙璧——《詩經》和《楚辭》這兩本書中的部分章節，如降大任〈試論我國古代詠史詩〉一文即說道：

> 在《詩經》的雅、頌部分，有許多祭祖祀神的詩歌，像〈文王有聲〉、〈公劉〉、〈大明〉、〈文王〉、〈生民〉、〈玄鳥〉、〈殷武〉等篇，都是商、周後人歌頌其先祖豐功偉績的詩，內容涉及到商、周先祖的歷史傳說、民族起源、部落遷徙、農業生產、社會活動、文治武功等等方面，題材豐富，斑斕多彩。應當說，這些詩篇就已開了詠史詩的先河。〔註 34〕

作者從內容上剖析《詩經》裏的七篇詩歌已然具備詠史的觀念，其中〈文王有聲〉美文王伐崇都豐、武王滅紂都鎬；〈公劉〉寫公劉由邰遷豳；〈大明〉說武王受天命伐商克殷；〈文王〉追述文王德業；〈生

月，第 3 期，頁 35。

〔註 33〕胡應麟《詩藪》外編卷二「六朝」稱：「〈詠史〉之名，起自孟堅，但指一事。」，上海・上海古籍出版社，1979 年 11 月，頁 147。

〔註 34〕參見降大任選注、張仁健賞析：《詠史詩注析》，太原・山西教育出版社，1991 年 6 月，頁 490。

民〉敘周始祖后稷降生，〈玄鳥〉、〈殷武〉爲祭祀高宗武丁之詩，皆以詳於敘事爲主，這樣的寫作方式，其實是較接近於敘事詩。

另一位大陸學者黃筠也意識到《詩經·大雅》中〈生民〉、〈公劉〉、〈綿〉、〈大明〉、〈皇矣〉等古老詩篇，應屬最早的述古、詠古之作。不過就寫作手法而言，他認爲這些以述史敘事爲主要內容的作品，尚與後世詠史詩有較大差別〔註 35〕。

台灣學者廖振富也提出相類的看法，他以爲：「《詩經》與後代詠史詩的可能關係，應只限於歷史意識、道德意識的承傳：或頌美先人，以爲後人取法，或以古爲鏡，蘊含鑑戒觀念。至於實際寫作方式，二者的明顯差異，自不待言。」〔註 36〕上述學者從《詩經》篇章中找到論證的線索，這是非常寶貴的發現，同時也指引我們看見二、三千年前先民所投射出第一道關於詠史的曙光。

有研究就有所得，所得不同，自然發出另一種聲響。部分學者往《楚辭》裏深研，從而發表自己的論點。如朱自清的《詩言志辨》最早論述詠史的源頭在《楚辭》中，並舉屈原〈離騷〉之一段說明詠史之作乃「以古比今」，其曰：

> 《楚辭》的「引類譬喻」實際上形成了後世「比」的意念。後世的比體詩可以說有四大類。詠史，遊仙，豔情，詠物。……這四體的源頭都在王注《楚辭》裏。只就〈離騷〉看罷：「湯、禹嚴而求合兮，摯、咎繇而能調。苟中情其好修兮，又何必用夫行媒！」這不是以古比今麼？〔註 37〕

雖然只舉一例，卻擲地有聲，帶領我們從不同的角度探尋詠史之源。向以鮮〈漫談中國的詠史詩〉認爲屈原〈天問〉中也蘊含詠史因素：「中國詠史詩的歷史，從現存資料看，可以從東漢班固（公元 32～

〔註 35〕黃筠：〈中國詠史詩的發展與評價〉，北京《中國文化研究》，1994 年，頁 35～39。

〔註 36〕廖振富：《唐代詠史詩之發展與特質》，台北·台灣師範大學國文研究所碩士論文，1989 年 5 月，頁 20。

〔註 37〕朱自清：《詩言志辨》，上海·華東師範大學出版社，1996 年 11 月，頁 86～87。

92）算起，他是最早以『詠史』名篇的人。但詠史題材的萌芽，還可以上溯到更遠的年代。比如屈原的〈天問〉，其中有很大一部分便是對社會歷史、神話傳說發出富有懷疑精神的詠歎——詠史因素在這裏已開始萌動了」〔註38〕。至於黃筠深入討論〈離騷〉與後世詠史詩的關聯極富啓發意義：

> 從現存的古代詩作看，與後世詠史詩有較爲直接關係的，乃是偉大詩人屈原的作品。〈離騷〉，是一篇抒情言志的愛國主義傑作，其中不少部分涉及到歷史人物和事件，並成爲屈原表達政見，敘寫懷抱抒發愛國憂民之情的有機組成部分。「昔三后之純粹兮，固眾芳之所在；雜申椒與菌桂兮，豈維紉夫蕙茝。彼堯舜之耿介兮，夫唯捷徑以窘步！」。詩人把歷史上的賢君和暴君相對比，表達了自己的治國之見和對楚國前途的憂慮。詩中還列舉了一系列的歷史人物和歷史事件，借以表達詩人關於美政（君臣志同道合、舉賢授能）的理想。這種借古言志，詠史達情，以史諷時的內容和手法，開闢了後世詠史詩的先河。〔註39〕

詳審文字內涵，不難發現作者欲將《楚辭》與後世詠史接軌的用心，不過，也有學者認爲《楚辭》中屈原的作品雖已運用歷史人物借古論今，以史言懷，但僅是整首詩的片段，並非首尾完足的詩篇，就全詩主題來講，是不符詠史詩之條件的。〔註40〕

此外張子剛、趙維森兩位大陸學者也持相類的看法，他們說：

> 詠史詩亦源遠流長，溯其源頭，可以追尋到《詩經》和《楚辭》。《詩經．大雅》中的〈生民〉、〈公劉〉、〈綿〉、〈大明〉、〈皇矣〉等詩篇，記述了周人的起源和發展，讚揚了周人祖先的英雄事迹。《楚辭．離騷》中記述了三后、堯舜等明君和夏桀、商紂等昏君，表達了作者對楚國的憂慮和對楚

〔註38〕向以鮮：〈漫談中國的詠史詩〉，西安《人文雜誌》，1985年，第4期，頁107。

〔註39〕同註33。

〔註40〕黃雅歆：〈魏晉詠史詩之發展與構成形式〉，台北《中國文學研究》，1990年5月，第4輯，頁236。

> 王的希冀，而這些都不是眞正的詠史詩，只能看作是詠史詩的萌芽。〔註41〕

又如韋春喜《宋前詠史詩史》亦然，其曰：

> 詠史詩作爲一種詩歌題材類型，同山水、田園、邊塞等詩一樣，有其萌芽、形成、成熟、繁盛、流變的歷史演進過程。它的萌芽階段可以上溯到先秦時期，主要表現在《詩經》與屈原的作品等中。這些作品雖然不能稱爲詠史詩，但是它們所具有的或弱或強的詠史因素、性質，卻對詠史詩的發展產生了較大影響。〔註42〕

儘管《詩經》與《楚辭》中運用歷史題材的相關篇章與後世嚴格意義的詠史詩尚有差距，卻開闢了中國詠史詩的先河，可視爲中國詠史精神之濫殤。

在曉喻詠史詩的兩大源頭之後，以下即針對漢魏六朝詠史詩、唐五代詠史詩、宋代詠史詩、元明詠史詩與清初詠史詩等五部分概略說明其發展情況。

一、漢魏六朝詠史詩

漢魏六朝是詠史詩的形成階段，由於是肇造之初，作品不是很多，所選題詠範圍也較爲狹窄。〔註43〕以下分成兩漢詠史詩和魏晉南北朝詠史詩來敘述。

〔註41〕張子剛、趙維森：〈魏晉南北朝詠史詩簡論〉，陝西《延安大學學報（社會科學版）》，2002年6月，第24卷第2期，頁106。

〔註42〕韋春喜著：《宋前詠史詩史》，北京・中國社會科學出版社，2010年2月，頁35。

〔註43〕王紅：〈試論晚唐詠史詩的悲劇審美特徵〉一文云：「唐以前的詠史詩留存至今的只有30位詩人的寥寥50多首作品」，西安《陝西師大學報（哲學社會科學版）》，1989年，第3期，頁83。雷恩海：〈略論唐代詠史詩的美學追求〉一文據丁福保《全漢三國晉南北朝詩》概略統計唐以前詠史詩得30位詩人約50首作品，見趙逵夫主編：《詩賦論集》，蘭州・甘肅人民出版社，1995年2月，頁152。韋春喜：〈漢魏六朝詠史詩探論〉一文據逯欽立《先秦漢魏晉南北朝詩》統計，輯得漢魏六朝詠史作家85人，詩170首（包含懷古詩在內），湘潭《中國韻文學刊》，2004年，第2期，頁13。

（一）兩漢詠史詩

兩漢詠史詩，據前人研究有西漢中葉東方朔〈嗟伯夷〉〔註44〕、東漢班固〈詠史〉之作較爲人熟知。東方朔的〈嗟伯夷〉雖只有三句，卻具備「以史抒情」的特質，詩曰：

> 窮隱處兮窟穴自藏，與其隨佞而得志兮，不若從孤竹於首陽。〔註45〕

題寫伯夷，詩之內涵亦寫伯夷叔齊隱居首陽山之事。季明華以爲「此詩借伯夷以詠懷，強調自身志節永不改變，可以說是一首拿歷史人物作比的詠史詩」〔註46〕。岳希仁評說：「這也是一首詠史詩（指〈嗟伯夷〉），雖然局勢未弘，但氣韻已具」〔註47〕。

至於班固〈詠史〉，是最早以「詠史」爲題賦詩的作品，詩詠西漢文帝時緹縈上書救父（太倉令淳于意）的故事：

> 三王德彌薄，惟後用肉刑。太倉令有罪，就遞長安城。
> 自恨身無子，困急獨煢煢。小女痛父言，死者不可生。
> 上書詣闕下，思古歌雞鳴。憂心摧折裂，晨風揚激聲。
> 聖漢孝文帝，惻然感至情。百男何憒憒，不如一緹縈。
> 〔註48〕

鍾嶸《詩品》兩度品評此詩，《詩品・序》：「東京二百載中，惟有班固〈詠史〉，質木無文。」又《詩品・卷下》：「孟堅才流，而老于掌

〔註44〕提出此說之學者如黃雅歆：〈魏晉詠史詩之發展與構成形式〉，台北《中國文學研究》，1990年5月，第4輯，頁239。季明華：《南宋詠史詩研究》，台北・文津出版社，1997年，頁24。岳希仁：《古代詠史詩精選點評・前言》，桂林・廣西師範大學，1996年10月，頁2。韋春喜〈漢魏六朝詠史詩探論〉，湘潭《中國韻文學刊》，2004年，第2期，頁13。

〔註45〕參逯欽立輯校：《先秦漢魏晉南北朝詩》，台北・學海出版社，1991年2月，頁170。

〔註46〕季明華：《南宋詠史詩研究》，頁24。

〔註47〕岳希仁：《古代詠史詩精選點評・前言》，桂林・廣西師範大學，1996年10月，頁2。

〔註48〕逯欽立輯校：《先秦漢魏晉南北朝詩》，台北・學海出版社，1991年2月，頁170。

故。觀其〈詠史〉，有感歎之詞」〔註 49〕。所謂「質木無文」是缺少文采之意，而「有感歎之詞」已隱含詩家情感在其中。儘管評價不是最高（鍾嶸列爲下品），卻無法撼動他最先以〈詠史〉爲題的開創之功。

（二）魏晉南北朝詠史詩

兩漢時期，詠史詩尚不多見。魏晉以降，詠史之作逐漸增多，如蕭統《文選》中設有「詠史」一類，收錄九位作家的二十一首作品〔註 50〕。這時期的作品，一部分以班固〈詠史〉爲典型，表現手法是「據事直書」，相類於賦、比、興中賦的作法，結構上包含「述」與「贊」，齊益壽稱之爲「史傳型」詠史詩〔註 51〕。如王粲〈詠史詩〉、曹植〈三良詩〉、張協〈詠史〉（詠二疏）、盧諶〈覽古〉（詠藺相如）、陶淵明〈詠三良〉、〈詠荊軻〉等屬之。茲舉盧諶〈覽古〉、陶淵明〈詠荊軻〉爲例，盧詩云：

趙氏有和璧，天下無不傳。秦人來求市，厥價徒空言。
與之將見賣，不與恐致患。簡才備行李，圖令國命全。
藺生在下位，繆子稱其賢。奉辭馳出境，伏軾徑入關。
秦王御殿坐，趙使擁節前。揮袂睨金柱，身玉要俱捐。
連城既僞往，荊玉亦眞還。爰在澠池會，二主尅交歡。
昭襄欲負力，相如折其端。眥血下霑襟，怒髮上衝冠。
西缶終雙擊，東瑟不隻彈。捨生豈不易，處死誠獨難。
稜威章臺顚，彊禦亦不干。屈節邯鄲中，俛首忍回軒。

〔註 49〕陳延傑：《詩品注》，台北・台灣開明書店，1981 年 10 月，頁 2、頁 31。

〔註 50〕《文選》卷 21 詩乙「詠史」收錄：王仲宣（粲）〈詠史詩〉、曹子建（植）〈三良詩〉、左太沖（思）〈詠史〉八首、張景陽（協）〈詠史〉、盧子諒（諶）〈覽古〉、謝宣遠（瞻）〈張子房詩〉、顏延年（延之）〈秋胡詩〉及〈五君詠〉五首、鮑明遠（照）〈詠史〉、虞子陽（羲）〈詠霍將軍北伐〉等九家二十一首詠史作品。

〔註 51〕「史傳型」詠史詩，像《史記》中列傳的結構，有述有贊，敘事的部分是全詩的骨幹。見齊益壽：〈談六朝詠史詩的類型〉，台北《中華文化復興月刊》，1977 年 4 月，10 卷 4 期，頁 10。

廉公何爲者，負荊謝厥釁。智勇蓋當世，弛張使我歎。

〔註52〕

全詩共三十六句，一百八十字。前三十四句是「述」，濃縮《史記‧廉頗藺相如列傳》中藺相如「完璧歸趙」，秦王、趙王「澠池之會」和廉頗「負荊請罪」等著名情節，後兩句是「贊」，詩人用「智勇蓋當世」表達對藺相如的欽佩之意。

又陶詩云：

燕丹善養士，志在報強嬴。招集百夫良，歲暮得荊卿。
君子死知己，提劍出燕京。素驥鳴廣陌，慷慨送我行。
雄髮指危冠，猛氣衝長纓。飲餞易水上，四座列群英。
漸離擊悲筑，宋意唱高聲。蕭蕭哀風逝，淡淡寒波生。
商音更流涕，羽奏壯士驚。心知去不歸，且有後世名。
登車何時顧，飛蓋入秦庭。凌厲越萬里，逶迤過千城。
圖窮事自至，豪主正怔營。惜哉劍術疏，奇功遂不成。
其人雖已沒，千載有餘情。〔註53〕

這首詩共三十句，一百五十言。其章法結構要如方東樹《昭昧詹言》卷四所云：「次敘高簡，託意深微，而章法明整。起四句言丹；『君子』六句言軻；『飲餞』八句敘事；『心知』二句頓挫，以離爲章法；『登車』六句續接敘事；『惜哉』四句入己託意作收」〔註54〕。至於詩旨，前人多以爲此篇作於晉宋易代之際，深有寄託，如劉履《選詩補注》卷五云：「此靖節憤宋武弒奪之變，思欲爲晉求得如荊軻者往報焉，故爲是詠。觀其首尾句意可見」〔註55〕。又溫汝能《陶詩彙評》卷四云：「荊軻刺秦不中，千古恨事。先生目擊禪代，時具滿

〔註52〕逯欽立輯校：《先秦漢魏晉南北朝詩》，台北‧學海出版社，1991年2月，頁884。

〔註53〕逯欽立輯校：《先秦漢魏晉南北朝詩》，台北‧學海出版社，1991年2月，頁984～985。

〔註54〕方東樹：《昭昧詹言》卷四，參《陶淵明資料匯編》（下冊），北京‧中華書局，2005年7月，頁285。

〔註55〕劉履：《選詩補注》卷四，參《陶淵明資料匯編》（下冊），北京‧中華書局，2005年7月，頁283。

腔熱血，觀此篇可以知其志矣。人祇知先生終隱柴桑，安貧樂道，豈知卻別有心事在。賢者固不可測，英雄豪傑中人，安知不即學道中人耶！」〔註 56〕。另外何孟春註《陶靖節集》卷四、黃文煥《陶詩析義》卷四、蔣薰評《陶淵明詩集》卷四、邱嘉穗《東山草堂陶詩箋》卷四、馬墣《陶詩本義》卷四和陳沆《詩比興箋》卷二等評論亦相近〔註 57〕。現代學者趙其鈞以爲此詩「借歷史之舊事，抒自己之愛憎」，無須將其膠柱於「忠晉報宋」之思〔註 58〕。又如孫靜也說：

> 古人如宋人湯漢、元人劉履、明人黃文煥直至清人陶澍等，一般都認爲這首詩作於易代之後，針對代晉的劉裕而發。從大的時間背景上說是不錯的；但他們意在闡揚忠於一姓思想，往往單純強調此詩「憤宋武弒奪之變」、「寓報仇之志」，就未免過於偏狹了。從陶淵明的整個思想以及陶詩的形象體系及其特定寓意來看，這首詩決非單純憤弒奪之變，寓報仇之志，表現作者忠晉思想；而是憤暴亂之政，寓除暴之懷，概括了更爲深廣的歷史內容。〔註 59〕

別於前人之見，賦予新意，均提供吾人鑑賞此作的新視野。

另一部分是以左思〈詠史〉爲代表，表現手法是「借史詠懷」，其結構是以抒懷爲主，以所借史事爲客。齊益壽稱之爲「詠懷型」詠史詩〔註 60〕。如左思〈詠史〉八首、袁宏〈詠史〉二首、陶潛〈詠貧士〉七首（後五首）、鮑照〈詠史〉、〈蜀四賢詠〉、劉駿〈詠史〉等。茲舉左思〈詠史〉其六爲例：

〔註 56〕溫汝能：《陶詩彙評》卷四，參《陶淵明資料匯編》（下冊），北京．中華書局，2005 年 7 月，頁 285。

〔註 57〕參《陶淵明資料匯編》（下冊），北京．中華書局，2005 年 7 月，頁 284～285。

〔註 58〕參吳小如等編著：《漢魏六朝詩鑑賞辭典》，上海．上海辭書出版社，2004 年 3 月，頁 510。

〔註 59〕參袁行霈主編：《歷代名篇鑒賞》（上冊），台北．五南圖書事業公司，2002 年 6 月，頁 432～433。

〔註 60〕同註 51。

荊軻飲燕市，酒酣氣益震。哀歌和漸離，謂若傍無人。
雖無壯士節，與世亦殊倫。高眄邈四海，豪右何足陳。
貴者雖自貴，視之若埃塵。賤者雖自賤，重之若千鈞。
〔註 61〕

與陶詩相較，此詩詠荊軻卻不寫易水送別、刺殺秦王之事，僅取荊軻酣飲高歌燕市、旁若無人的特寫鏡頭，刻畫出這位市井豪傑尊賤輕貴、睥睨四海，「與世亦殊倫」之狂放孤傲性格。身處「上品無寒門，下品無世族」的封建社會，左思獨特的取材視角，呈顯其詠史詩鮮明的現實性和政治寓意，是詩人蔑視權貴、不滿專制政治的產物，同時也點出這時期的詠史詩漸由以「史」爲主體走向以作者「自我」爲主體，增強了「史爲我用」、抒情言志的特點，提高詠史詩的藝術功能。

至於齊益壽所提到的「史論型」代表作有顏延之〈五君詠〉一詩，從《宋書》本傳觀其寫作動機，與借史詠懷之旨爲近〔註 62〕，學者亦多以爲此詩屬詠懷之作〔註 63〕。緣此，漢魏六朝詠史詩的寫作內涵基本上以述史言志和借史詠懷爲主。至於其發展概況要如學者所云：

魏晉南北朝時期是詠史詩得到長足發展的時期。這時期的

〔註 61〕逯欽立輯校：《先秦漢魏晉南北朝詩》，台北・學海出版社，1991 年 2 月，頁 733。

〔註 62〕《宋書・顏延之傳》：「延之好酒疎誕，不能斟酌當世，見劉湛、殷景仁專當要任，意有不平，常云：『天下之務，當與天下共之，豈一人之智所能獨了！』辭甚激揚，每犯權要。謂湛曰：『吾名器不升，當由作卿家吏。』湛深恨焉，言於彭城王義康，出爲永嘉太守。延之甚怨憤，乃作〈五君詠〉以述竹林七賢，……此四句，蓋自序也」。北京・中華書局，1997 年 11 月，頁 485。

〔註 63〕如葉慶炳：《中國文學史（上）》以爲：「《宋書》本傳稱五君詠『蓋自序』也，故可作詠懷詩觀」。台北・台灣學生書局，1992 年 9 月，頁 213。廖振富：《唐代詠史詩發展與特質》說：「六朝詠史詩中的議論，幾乎都是爲詠懷而發，〈五君詠〉也是借史詠懷之作。」，頁 39。又郭丹：《古代文學精華》指出「〈五君詠〉五首，則一如左思〈詠史〉，乃詠懷之作」。台北・東大圖書公司，1994 年 5 月，頁 93。

> 詠史詩，根據有無寄託，可分爲賦體詠史詩和比體詠史詩兩類。……左思的〈詠史〉八首是這時期詠史詩的一個高峰。陶淵明的詠史詩繼承了左思的傳統而又有自己的特點。總之，魏晉南北朝詠史詩的發展，爲唐代詠史詩的全面大繁榮開闢了道路，奠定了堅實的基礎。〔註64〕

其中賦體詠史詩與比體詠史詩兩類與齊氏所提之「史傳型」與「詠懷型」詠史詩相似。

二、唐五代詠史詩

詩歌發展至唐代，由於近體詩的興起加上五七言歌行、樂府、排律等詩歌體式本身的特質，因此讓詩人在創作詩歌時有較大的發揮空間，間接也促成詠史詩的繁盛，蔡英俊說：

> ……至於其他的詩歌體式，如五七言歌行、樂府、排律等，由於自身結構的偉鉅與長度上的彈性，仍然可以保持敘事的成分，而客觀描摹敘述歷史事件或歷史人物的詳切情狀，它們自然不受到上述律詩體式所受的限制的影響。因此，詠史這一類型的作品到了唐代，不論是在詩歌的體式上，或是創作的方法上，都達到了極爲完備的境域，儘可容許詩人運使不同的藝術匠心表現各異的意旨，蔚成詠史詩這一詩歌傳統的繁複與多姿。〔註65〕

依據前人概略的統計，有唐一代，所創作的詠史詩約有一千四百餘首，創作詠史詩的作家就有二百一十三人〔註66〕。以下分爲初唐、盛

〔註64〕張子剛、趙維森：〈魏晉南北朝詠史詩簡論〉，陝西《延安大學學報（社會科學版）》，2002年6月，第24卷第2期，頁109。

〔註65〕見蔡英俊：《興亡千古事》，台北．新自然主義公司，2000年5月，頁26。

〔註66〕參王紅：〈試論晚唐詠史詩的悲劇審美特徵〉，西安《陝西師大學報（哲學社會科學版）》，1989年，第3期，頁83。另李翰《漢魏盛唐詠史詩研究》稱「從數量上說，唐代詠史詩是以前所有詠史詩總和的十倍多。據楊恩成先生統計，現存5萬餘首唐詩中，詠史詩有1500餘首，占總數的3%強。而據雷恩海先生，這個數字是1600餘首，其中初唐約60首，盛唐150首，詠史詩作者初唐20人，盛唐30人。

唐、中唐和晚唐五代詠史詩作扼要說明。

（一）初唐詠史詩

大體言之，初唐詩人的詠史作品，多數延續漢魏六朝所建立的詠史體式書寫，如台灣學者廖振富《唐代詠史詩發展與特質》書中論述〈初盛唐詠史詩〉一節時說道：「在盛唐以前，雖有部分作品已微露轉變之端倪，但整體趨勢，仍在六朝詠史詩的籠罩之下，從體式、寫作手法，到主題內涵，多數作品均未脫離六朝詠史之舊軌」〔註 67〕。大陸學者劉潔也提出相類的看法：「初唐的詠史詩多『雜採史事』，以五言古詩的形式敘事成篇，名爲『詠』史，實際上『敘』的成分遠遠大於『詠』的成分，更確切地說，是『敘』史而不是『詠』史，是『敘』與『贊』的結合，並不是『敘』與『詠』的統一，這明顯地流露出初唐詩人承續六朝、遠紹班固詠史詩傳統的痕跡」〔註 68〕。不過，也有少數作品超脫前代樊籬，開出新境，如陳子昂〈感遇詩三十八首〉之十七：

幽居觀天運，悠悠念群生。終古代興沒，豪聖莫能爭。
三季淪周赧，七雄滅秦嬴。復聞赤精子，提劍入咸京。
炎光既無象，晉虜復縱橫。堯禹道已昧，昏虐勢方行。
豈無當世雄？天道與胡兵。咄咄安可言？時醉而未醒。
仲尼溺東魯，伯陽遁西溟。大運自古來，旅人胡歎哉！
（《全唐詩》卷八十三）

美籍學者宇文所安以爲此詩是「組詩中最有力的一首，詩中簡短地評述中國歷史，表明起支配作用的是趨於混亂的原則」。〔註 69〕廖振

桂林・廣西師範大學出版社，2006 年 6 月，頁 87。又韋春喜《宋前詠史詩史》據《全唐詩》、《全唐詩補編》等典籍統計唐代詠史作家有 500 多人，詠史詩約 3000 首。北京・中國社會科學出版社，2010 年 2 月，頁 140。

〔註 67〕參廖振富：《唐代詠史詩發展與特質》，頁 45。

〔註 68〕參劉潔著：《唐詩題材類論》，北京・民族出版社，2005 年 11 月，頁 130。

〔註 69〕宇文所安著、賈晉華譯：《初唐詩（The Poetry of the Early T'ang）》，

富則說「本詩所述時間，起自上古三代，終迄晉朝五胡亂華，歷代攻戰，朝代輪替更迭，交疊映現成一幅動亂圖。群生無助、豪聖沉淪，而終歸結於無可挽回之大運，對人類置身動盪時代之命運，寄予無窮之悲憫與浩歎。這是出自關懷人類命運的歷史悲情，撼人魂魄，感慨至深」〔註 70〕。相較於六朝詠史詩，本詩特點不僅在取境視野擴大，其內涵深度與關懷層面亦相對提升，是初唐詠史詩難得的佳作。

（二）盛唐詠史詩

盛唐詠史詩諸體兼備，以古題樂府之詠史作品大幅銳減，五言律體逐漸取代五言古體，而七言律體的興起帶來詠史詩形式上另一道曙光。盛唐三大詩人李白、杜甫、王維均得佳作呈現，其中李白〈覽古〉詩，首創以七絕詠史，杜甫開啓「詠懷古跡」式作品，將詠史懷古、抒懷言志融於一爐，以「變體」（何焯《義門讀書記》用語，指「多抒胸臆」式之詠史詩）取代「正體」（何焯《義門讀書記》用語，指「檃括本傳，不加藻飾」、「美其事而詠歎之」式詠史詩）。而王維、李白五言古體詠史完全摒棄初唐詠史詩「敘」、「贊」之章法，於「敘」中融滲較多「議論」，體現詩人對歷史反思後之強烈自我意識，如王維〈西施詠〉云：

> 豔色天下重，西施寧久微？朝爲越溪女，暮作吳宮妃。
> 賤日豈殊眾？貴來方悟稀。邀人傅脂粉，不自著羅衣。
> 君寵益嬌態，君憐無是非。當時浣紗伴，莫得同車歸。
> 持謝鄰家子，效顰安可希？（趙殿成《王摩詰全集箋注》卷五）

許文雨《唐詩集解》引唐汝詢之說，言「此小人得志，驕其故友，不爲引薦，故託西施以刺焉」〔註 71〕，沈德潛《唐詩別裁》則稱「寫盡炎涼人眼界，不爲題縛，乃臻斯旨。入後人手，徵引故實而已」

北京・三聯書店，2005 年 4 月，頁 168。

〔註 70〕參廖振富：《唐代詠史詩發展與特質》，頁 61。

〔註 71〕參許文雨：《唐詩集解》（中冊），台北・正中書局，2000 年 8 月。

〔註 72〕。王維此詩，別出新意，跳脫前人窠臼，其中「賤日豈殊眾，貴來方悟稀」一聯，探究世俗眼光，揭示人情冷暖，成爲其詠史諸作之名篇。又李白〈古風〉向爲世人珍視，其中詠史題材，繁複多姿，溢彩流光，如〈古風〉第三首云：

> 秦皇掃六合，虎視何雄哉。飛劍決浮雲，諸侯盡西來。
> 明斷自天啓，大略駕群才。收兵鑄金人，函谷正東開。
> 銘功會稽嶺，騁望瑯琊臺。刑徒七十萬，起土驪山隈。
> 尚採不死藥，茫然使心哀。連弩射海魚，長鯨正崔嵬。
> 額鼻象五嶽，揚波噴雲雷。鬐鬣蔽青天，何由覩蓬萊？
> 徐市載秦女，樓船幾時回？但見三泉下，金棺葬寒灰。
> （王琦輯注《李太白全集》卷二）

此詩詠秦皇功業得失，手法高妙，採「欲抑先揚」方式，既讚嘆秦皇弭平六合，歸於一統之功，復揶揄其追求長生之虛妄，如「但見三泉下，金棺葬寒灰」，即便貴爲帝王，面對死亡亦無可奈何，一切人爲抗拒，均屬徒勞。陳沆《詩比興箋》以爲此作「刺明皇之詞」〔註 73〕，一爲窮兵黷武，一爲人心不足，夏敬觀《唐詩說》〔註 74〕、許文雨《唐詩集解》〔註 75〕亦看法相類。

盛唐詩人凸顯自我意識，以「敘」、「議」結合，將詠史詩之進化往前挪移一大步，並於延衍程序裏不斷提升，詩聖杜甫的〈蜀相〉厥爲變化與完善之境：

> 丞相祠堂何處尋，錦官城外柏森森。
> 映階碧草自春色，隔葉黃鸝空好音。
> 三顧頻煩天下計，兩朝開濟老臣心。
> 出師未捷身先死，長使英雄淚滿襟。（《杜甫全集》卷十一）

詩作於杜甫入蜀之後，時安史之亂未平，國家急需如諸葛亮般身負雄才者力挽危亡，杜甫感於社會現實，將滿懷景仰投向武侯。前二句，

〔註 72〕沈德潛：《唐詩別裁》，長沙・嶽麓書社，1998 年 2 月，卷一，頁 14。
〔註 73〕陳沆：《詩比興箋》，上海・上海古籍出版社，1981 年 12 月。
〔註 74〕夏敬觀：《唐詩説》，台北・河洛出版社，1975 年。
〔註 75〕許文雨：《唐詩集解》，台北・正中書局，2000 年 8 月。

自作問答，引入古跡，三四句寫祠堂景色，後四句以追慕之思詠讚武侯運籌帷幄，指點三分之才；歌頌濟世開基，輔佐兩朝之功和鞠躬盡瘁，勤勉不懈之忠。同時為武侯志業未成興千古之慨！其語至情至性，眞摯動人，故楊倫云：「自始至終，一生功業心事，只用四語括盡，是如椽之筆」（《杜詩鏡銓》卷七）。

這首七律，題似詠史，內容兼攝弔古與詠史，啓引有唐近體創作歷史題材之新趨向，八句中，千迴百轉，吞吐雋永，為七律詠史之典範。

（三）中唐詠史詩

中唐詩人構製詠史作品開展出不同於前代的類型，基本上可歸納為：懷古型詠史詩和史論型詠史詩。茲各舉一首，以觀其新貌。

先看懷古型詠史詩，如劉禹錫〈西塞山懷古〉：

王濬樓船下益州，金陵王氣黯然收。
千尋鐵鎖沈江底，一片降旛出石頭。
人世幾回傷往事，山形依舊枕寒流。
今逢四海爲家日，故壘蕭蕭蘆荻秋（《全唐詩》卷三五九）

此詩前四句詠西晉王濬樓船自益州順著長江而下，直抵石頭城，遂滅吳之事，後四句就作者眼前所見古跡感懷。題雖標為「懷古」，卻以詠史起筆，並佔一半篇幅，屬懷古型詠史詩之例。

再舉史論型詠史詩，如戎昱〈詠史〉：

漢家青史上，計拙是和親。
社稷依明主，安危託婦人。
豈能將玉貌，便擬靜胡塵？
地下千年骨，誰爲輔佐臣？（《全唐詩》卷二七○）

這首詩以漢喻唐，嘲諷唐代德宗朝的文武大臣禦侮無能，安邦無策，提醒唐代統治者不要效法漢代一味地醉心於「和親」政策，而放棄了安定社稷的職責，屬於史論型的代表作。此一類型作品的特徵是擺脫敘議結合、篇幅長大之格局而獨立出來，在晚唐五代蔚為大觀

（多爲七言絕句），議論內容也由平穩趨向尖銳，如杜牧〈赤壁〉、李商隱〈詠史〉〔註 76〕等均爲論史絕句之篇。

（四）晚唐五代詠史詩

晚唐五代，社稷動盪，王朝衰微，藩鎮割據、宦官專權、邊患頻仍、黨爭對立等，無不震懾士子心靈，而詠史詩也在這般風雨飄搖的情境下開展前所未有的繁盛之局。詩人們藉詠史追懷盛世，同時反思歷史，企圖總結興亡戒鑒，將一己之得，爲國、爲君、爲民而懇切陳詞。

此一時期爲繼中唐以來詠史詩發展之最高峰，其繁盛景況呈現於諸多方位。首先，就創作數量上說，據前輩學者與筆者概略統計，晚唐五代詠史作品約 1136 首〔註 77〕，占全唐詠史三分之二強；其次，作家陣容強大，在近百位詠史詩人中〔註 78〕，有詠史名家杜牧、李商隱、溫庭筠、許渾等；也有可占一席之地的張祜、皮日休、陸龜蒙、韋莊等；更有致力詠史專集者，如周曇、胡曾、汪遵、孫元晏等。再次，從取材範圍上講，包容上古至唐代諸多歷史人物與事件，寫人物，自傳說時代之軒轅黃帝到唐玄宗，從諸葛亮到郭子儀，從伯夷叔齊到陶淵明，從息夫人到楊貴妃，史上帝王重臣、英雄豪傑、隱逸高賢、貴妃名媛，無不收攝詩人筆底。寫事件，由春秋戰國紛爭之局，寫到近期安史之亂，由西漢與匈奴和親，寫到開天盛世，典冊所載群雄逐鹿，成敗興廢，是非功過，一一吞吐名家胸臆，

〔註 76〕杜牧〈赤壁〉：「折戟沈沙鐵未銷，自將磨洗認前朝。東風不與周郎便，銅雀春深鎖二喬」（《全唐詩》卷五二三）。李商隱〈詠史〉：北湖南埭水漫漫，一片降旗百尺竿。三百年間同曉夢，鐘山何處有龍盤」（《全唐詩》卷五三九）。

〔註 77〕據王紅〈試論晚唐詠史詩的悲劇審美特徵〉一文統計，唐代詠史詩約 1442 首，晚唐達 1014 首，占全唐詠史詩總數之 70%。西安《陝西師大學報（哲學社會科學版）》，1989 年，第 3 期，頁 83。另拙文《晚唐五代詠史詩之美學意識》統計晚唐五代詠史詩凡 1136 首。新北・花木蘭文化出版社，2013 年 3 月，頁 3。

〔註 78〕同前註。

充分展示晚唐五代涵容今古之恢宏氣度和巨大能量。最後，風格樣貌多元，杜牧詠史新穎犀利，李商隱詠史含蓄深微，溫庭筠詠史氣韻清拔，詩人自出機杼，各領風騷。值得重視的是除了懷古型詠史詩和史論型詠史詩蓬勃興起，詠懷型詠史詩在晚唐五代也得到高度的發展，如溫庭筠〈過陳琳墓〉、李商隱〈宋玉〉〔註 79〕詩等，都是借史詠懷的典型篇章。溫詩表層憑弔陳琳，實則自抒此生遭際，其仕宦乖舛之沉痛與不平，透顯於字裏行間。李詩通過讚賞宋玉才高，借以自況，形式上似爲欣羨宋玉身居侍臣，踔厲風發，意底則慨嘆懷才不遇，沉淪下僚。

三、宋代詠史詩

詠史詩來到宋朝，轉爲以議論入詩的傾向，讓詠史創作的哲理色彩進一步增強。北宋初期，楊億、李宗諤等人尚停留於模仿晚唐李商隱的詠史作品，如李宗諤〈南朝〉仿李商隱〈隋宮〉，其〈漢武〉仿李商隱〈茂陵〉，楊億〈南朝〉仿李商隱〈南朝〉〔註 80〕，然只學得其形，未達其神。其後，王安石大量創作詠史詩，在質量上非常可觀，如《商鞅》：

自古驅民在信誠，一言爲重百金輕。

今人未可非商鞅，商鞅能令政必行。

（《全宋詩》卷 569，第 10 冊，頁 6724。）

本詩論點據《史記・商君列傳》引申而來：

（商君）令既具，未布，恐民之不信，已乃力三丈之木於國都市南門，募民有能徙置北門者予十金。民怪之，莫敢

〔註 79〕溫庭筠〈過陳琳墓〉:「曾於青史見遺文，今日飄蓬過此墳。詞客有靈應識我，霸才無主始憐君。石麟埋沒藏春草，銅雀荒涼對暮雲。莫怪臨風倍惆悵，欲將書劍學從軍」（《全唐詩》卷五七八）。李商隱〈宋玉〉:「何事荊臺百萬家，惟教宋玉擅才華。楚辭已不饒唐勒，風賦何曾讓景差。落日渚宮供觀閣，開年雲夢送煙花。可憐庾信尋荒徑，猶得三朝托後車」（《全唐詩》卷五四○）。

〔註 80〕參日人淺見洋二：〈關於李商隱的詠史詩〉，《文化》，1987 年，第 50 卷第 3、4 號。

徙。復曰「能徙者予五十金」。有一人徙之，輒予五十金，以明不欺。卒下令。〔註81〕

王安石爲了能夠使法令順利推行，借歌頌商鞅諷喻當代。詩歌本身淺明易曉，然詩人超越時空，將古史與今事直接連結一起，顯現其卓越史識。

又如〈賈生〉：

漢有洛陽子，少年明是非。所論多感慨，自信肯依違。
死者若可作，今人誰與歸。應須蹈東海，不若涕沾衣。
（《全宋詩》卷553，第10冊，1992年6月，頁6596）

夏長樸師以爲該詩表面上歌詠賈誼，其實是「借古人以自況，用以發揮個人的感觸」〔註82〕，李燕新《王荊公詩研究》也認爲此詩是「借古喻今之詠懷型」、「公所以借賈生自喻者以此」〔註83〕。首聯稱讚賈誼明是非，李璧《王荊公詩注》：「當時天下皆已謂治安，而誼獨以抱火措薪爲憂，能明是非者」〔註84〕，頷聯指賈誼所陳書策及其風格不同於流俗，頸聯、尾聯則引用趙文子、魯仲連之典故，以喻魯連退居東海比不上賈誼仕漢切於拯救時弊，隱含自況古人之意。

基本上，王安石詠史詩的特質在議論方面多能配合其推行之變法運動，引古爲鑒，翻新立意；而在借史詠懷上，也能掌握寄托遙深之旨，是以詩話家常給予高度讚揚，如宋・曾季貍《艇齋詩話》云：

荊公詠史詩，最於義理精深。如〈留侯〉詩，伊川謂說得留侯極是。予謂〈武侯〉詩，說得武侯亦出。又如〈范增〉詩云：「有道弔民天即助，不知何用牧羊兒。」又：「誰合軍中稱亞父，直須推讓外黃兒。」詠史詩有如此等議論，

〔註81〕司馬遷：《史記》，北京・中華書局，1997年11月，頁566。

〔註82〕夏長樸師：〈丹青難寫是精神——讀王安石的詠史詩〉，台北《國立編譯館館刊》，1995年12月，24卷2期。

〔註83〕李燕新：《王荊公詩研究》，台北・文津出版社，1997年12月，頁121～122。

〔註84〕王安石撰、李璧注：《箋註王荊公詩》，台北・廣文書局，1971年，頁589。

它人所不能及。〔註85〕

李東陽《麓堂詩話》亦評說：

王介甫點景處，自謂得意，然不脫宋人習氣。其詠史絕句，極有筆力，當別用一具眼觀之。若〈商鞅〉詩，乃發洩不平語，於理不覺有礙耳。〔註86〕

宋室南渡之後，由於時空因素，使得詠史之作益發增多，這些作品中多選用歷史上英雄豪傑、愛國志士作爲歌頌對象，激發人們崇高的民族氣節和熾熱的愛國情操。如李清照〈夏日絕句〉：

生當作人傑，死亦爲鬼雄。
至今思項羽，不肯過江東。〔註87〕

此詩歌頌項羽不苟且忍辱的高傲人格和悲壯氣概。李清照生於外族入侵之世，如此詠唱項羽，明顯寄寓她對南渡君臣的不滿，表達自己的愛國熱忱。

陸游是情感熾烈的愛國詩人，他處在國勢危殆的南宋時期，其詠史詩往往和愛國情思相接。如〈屈平廟〉和〈哀郢〉都是吟詠歷史人物屈原的作品，詩如下：

委命仇讎事可知，章華荊棘國人悲。
恨公無壽如金石，不見秦嬰繫頸時。
（〈屈平廟〉,《劍南詩稿》卷十）

遠接商周祚最長，北盟齊魯勢爭強。
章華歌舞終蕭瑟，雲夢風煙舊莽蒼。
草合故宮惟雁起，盜穿荒塚有狐藏。
離騷未盡靈均恨，志士千秋淚滿裳。
（〈哀郢〉,《劍南詩稿》卷二）

前一首寫楚懷王將自己的生命交由虎狼之秦，他採取的是事奉仇敵

〔註85〕宋曾季貍《艇齋詩話》，見丁福保《歷代詩話續編》，台北・木鐸出版社，1988年7月，頁320～321。

〔註86〕李東陽《麓堂詩話》，見丁福保《歷代詩話續編》，台北・木鐸出版社，1988年7月，頁1396。

〔註87〕徐北文：《李清照全集評註》，濟南・濟南出版社，2005年，頁169。

的投降策略，導致國破家亡的下場是可以想見的。忠心愛國的屈原，不被重用，自沉汨羅江，詩人慨歎他無金石之壽，不見秦之被滅，以洗國仇。後一首借楚國興亡，訴說歷史無情和屈原報國無門的哀怨。歌詠歷史，表達的卻是陸游深刻的憂國心情。

四、元明詠史詩

元代詩歌向來不受重視，在許多文學史中著墨不多，然平心論之，元詩實有可觀之處，其整體成就亦不遜於明詩。在詠史詩方面，也出現許多佳作，如劉因〈白溝〉：

寶符藏山自可攻，兒孫誰是出群雄？
幽燕不照中天月，豐沛空歌海內風。
趙普元無四方志，澶淵堪笑百年功。
白溝移向江淮去，止罪宣和恐未公。〔註 88〕

劉因是南宋遺民詩人之一，因而常在作品中寄寓強烈的興亡之感。本詩諷喻宋太祖之後的北宋君臣「無四方志」，對趙普等名臣只能在議和的條件下，讓國家保持暫時的安定隱含微辭，對其後輩變本加厲喪權辱國割地輸金的不恥之舉大加鞭撻，點出亡國之君是北宋妥協退讓政策的犧牲品。

又如趙孟頫〈岳鄂王墓〉：

鄂王墳上草離離，秋日荒涼石獸危。
南渡君臣輕社稷，中原父老望旌旗。
英雄已死嗟何及，天下中分遂不支。
莫向西湖歌此曲，水光山色不勝悲。〔註 89〕

本詩詠岳飛，寧宗嘉定四年（1211）追封鄂王，故後人尊稱「岳鄂王」，其墓在西湖邊的棲暇霞嶺。首聯寫詩人憑弔岳飛之墓，但見岳墳上長滿荒草，墓前石馬石獅在蕭瑟秋風中依然高踞屹立。頷聯用

〔註 88〕見黃瑞云選注：《詩苑英華》（元明詩卷），武漢・湖北教育出版社，2002 年 1 月，頁 78～79。
〔註 89〕同上註，頁 93～94。

對比手法呈現，見出民心堅貞、愛國情深，而當國者卻苟且偷安，棄祖宗基業、千萬黎民於不顧，對比中含有極度褒貶。頸聯慨歎岳飛死後，中原失地再也無法恢復。末聯詩人將情感移向湖光山色，韻味深長。

此外尚有郝經、陳孚、張憲、薩都剌、楊維楨等人的作品，也各具特色，當中楊維楨的詠史詩數量較多，他的《鐵崖詠史》八卷，饒富諷喻之作，具有一定的現實意義和藝術價值。

明代文人備受「文字獄」的打擊，詩人們難以直接指斥時政，爲了避禍求全，他們只能借歷史抒發胸中的塊壘，借詠史曲折地表達自己的政治見解。明初高啓的作品，既有深沉的歷史感，又有較強的現實性，是詠史詩寫得較好的詩人，如〈儀秦〉詩：

二子全操七國權，朝談縱合暮衡連。

天如早爲生民計，各與城南二頃田。〔註 90〕

儀秦，指張儀與蘇秦，兩人都是戰國縱橫家。其中蘇秦曾說秦惠王連橫，惠王不聽，乃轉倡合縱，先後說燕、趙、韓、魏、齊、楚。六國合縱，蘇秦爲縱約長，並相六國。〔註 91〕張儀，魏人，曾遊說於楚，無所成，乃入秦，爲秦惠王相，說東方各國與秦連橫〔註 92〕。詩人以爲張儀、蘇秦二人憑著三寸不爛之舌，投人所好，投機取巧，儘管致身顯位，卻算不上高明的政治家，隱含嘲諷之意。

明代中期，雖有許多詩人創作詠史詩，但總的來說，成就並不高。明代後期，由於思想的解放，讓明詩呈現新風貌，而詠史詩方面也有新的發展，如徐渭寫詠史詩，不再囿於前人陳說，也不在細枝末節上翻新，而是以其哲學思想爲基礎，重新審視歷史事件和歷

〔註 90〕見黃瑞云選注：《詩苑英華》（元明詩卷），武漢・湖北教育出版社，2002 年 1 月，頁 233。

〔註 91〕見《史記・蘇秦列傳》，北京・中華書局，1997 年 11 月，頁 568～577。

〔註 92〕見《史記・張儀列傳》，北京・中華書局，1997 年 11 月，頁 578～584。

史人物，審視中國歷史的發展進程，從而體現進步的歷史觀，如〈嚴先生祠〉云：

大澤高蹤不可尋，古碑祠木自陰陰。
長江萬里元無盡，白日千年此一臨。
我已醉中巾屢岸，誰能夢裏足長禁？
一加帝腹渾閒事，何用旁人說到今！〔註93〕

這是一首詠嚴光的詩。首聯寫嚴光隱居行跡和後人對他的景仰與懷念。頷聯敘嚴光曾於富春江垂釣，祠堂亦在江邊，詩人今日前往拜謁。頸聯用類比推理，說他醉後常戴不正頭巾，誰又能在夢中管住自己的腳？末聯承上而來，「一加帝腹渾閒事」是推理後的結論，《後漢書》記載嚴光足加劉秀之腹，大臣以爲「客星犯御座甚急！」是一件了不得的事，然在詩人看來，這是小事，不值一提，表現詩人追求個性解放和人格平等的勇毅精神。

五、清初詠史詩

清朝初年，一群遺民詩人在朝代更替與歷史變革中遭遇生死劫難，身體和心理皆受盡折磨，他們將歷史盛衰之感，國破家亡之痛，自身際遇之悲和朝政得失之論傾注於詠史作品，讓詠史詩含蘊深厚的包容量，形成了慷慨悲涼的風格，而與純粹詠史發生偏離，自具面貌。歷史人物、事件在其筆底，成爲抒發胸襟之媒介，詠史不過是言志、詠懷的一種手段與方式。如顧炎武、吳偉業、陳恭尹、屈大均等人的詠史詩作胥體現此一特點，在質與量的呈顯，亦很可觀。此地列舉數首，以明其義涵。

先看顧炎武〈謁夷齊廟〉：

言登孤竹山，愾焉思古聖。荒祠寄山椒，過者生恭敬。
百里亦足君，未肯滑吾性。遜國全天倫，遠行辟虐政。
甘餓首陽岑，不忍臣二姓。可爲百世師，風操一何勁！
悲哉尼父窮，每歷邦君聘。楚狂歌風衰，荷蕢譏擊磬。

〔註93〕參岳希仁：《古代詠史詩精選點評》，頁265。

自非爲斯人，栖栖無乃佞？我亦客諸侯，猶須善辭命。
終懷耿介心，不踐脂韋徑。庶幾保平生，可以垂神聽。
〔註 94〕

此詩詠伯夷、叔齊，對其評價很高，認爲他們「不忍臣二姓」的高貴情操「可爲百世師」。詩人這樣寫的目的，一是自我言志，一是借此抨擊那些「臣二姓」的文人們。詩中舉孔子作爲陪襯，可知當時作者情緒的激憤。

又吳偉業〈臺城〉云：

形勝當年百戰收，子孫容易失神州。
金川事去家還在，玉樹歌殘恨未休。
徐鄧功勳誰甲第，方黃骸骨總荒丘。
可憐一片秦淮月，曾照降幡出石頭。〔註 95〕

這是一首涵融懷古意緒的詠史詩，借詠臺城，發故國之思。首聯敘明太祖當年經過艱難百戰取得政權，建都南京，子孫卻輕易將之失去。頷聯說當年金川門一役，燕王興靖難師，由金川門攻陷京師，奪取帝位，金川門雖被攻陷，但明王朝仍在，而南明傾覆卻讓詩人空留遺恨。頸聯舉明初徐達、鄧愈等名將和方孝孺、黃子澄等文臣，都湮沒在時間得洪流裏成爲荒丘骸骨。末聯實指南明之亡，隱含諸多感慨。

又陳恭尹〈崖門謁三忠祠〉：

山木蕭蕭風又吹，兩崖波浪至今悲。
一聲望帝啼荒殿，十載愁人拜古祠。
海水有門分上下，江山無地限華夷。
停舟我亦艱難日，畏向蒼苔讀舊碑。〔註 96〕

陳恭尹是清初著名的遺民詩人，其詩以懷古之作最爲突出。本詩借拜

〔註 94〕參岳希仁《古代詠史詩精選點評》，頁 288～289。
〔註 95〕參見黃瑞云選注《詩苑英華》（清詩卷），武漢．湖北教育出版社，2002 年 1 月，頁 89。
〔註 96〕參見黃瑞云選注《詩苑英華》（清詩卷），武漢．湖北教育出版社，2002 年 1 月，頁 998。

謁三忠祠（紀念文天祥、陸秀夫和張世傑）寄托亡國之痛，屬懷古式的詠史詩。開頭兩句蒼涼沉鬱，感慨遙深爲全詩奠定了悲壯的基調。詩人登上崖門山，聽到蕭蕭風聲，看見兩崖波浪，回想南宋、南明的覆亡，心中悲慟萬分。「至今悲」三字，點明詩人不是在單純弔古，而更是在傷今。

頷聯詩人借望帝的傳說抒寫亡國之痛。望帝又名杜宇，是傳說中周朝末年蜀地的君主，後國亡身死，化爲杜鵑，每逢暮春便作哀啼，其聲令人痛楚酸惻。如今三忠祠荒涼的大殿上，猛然傳來一聲杜鵑啼叫，讓詩人想起其聲中的亡國哀思，因而悲不自勝。

頸聯變客觀敘事爲主觀抒情，「海水有門分上下」說波濤洶湧、橫無涯際的大海，在海港入口處尚有上、下海門之別。「江山無地限華夷」言大好的錦繡河山被異族占領，以至於無法分別華、夷的界限。兩句即景成對，表現了對清統治者的極大義憤。

末聯詩人以三位忠烈之士的事跡激勵自己，永葆節志。

最後看屈大均的〈魯連臺〉：

一笑無秦帝，飄然向海東。誰能排大難，不屑計奇功？
古戍三秋雁，高臺萬木風。從來天下士，只在布衣中。

〔註 97〕

魯連臺，又名高士臺，在今山東聊城縣。首聯歌頌魯仲連義不帝秦，飄然歸隱東海。頷聯說魯仲連「能排大難」而「不屑計奇功」這種功成不求賞、不受賞的人格實是難得一見。頸聯寫詩人登魯連臺但見深秋鴻雁、風吹萬木。尾聯認爲天下才能傑出、品德高尚者，皆出自平民。不難看出，詩人也是以「天下士」而自負的。詩中雖讚美義不帝秦的魯仲連，其實也是寄托自己懷抱。

以上是乾隆以前詠史詩的發展流變，從漢魏六朝開始已出現史傳型和詠懷型兩種基本表現方式，到了唐五代增加了懷古型和史論型兩種，北宋則承晚唐餘韻全力發揮史論型詠史詩的內容，並成爲其時代

〔註 97〕參岳希仁《古代詠史詩精選點評》，頁 303。

特色，至南宋時期，許多愛國詩人也借詠史抒發其憂國憂民之心。元明詠史詩持續發展，明末清初，朝代更替，又出現大量創作詠史詩的作家，在內容上凸顯詠懷、弔古傷今的特質，而詠史詩的發展並非只到這裏，清代中葉，在文字獄大興的政治氛圍中，許多有名的詩人如袁枚、蔣士銓、趙翼等，也藉詠史表達其思想、情感，下面幾章，即從寫作背景、思想內涵和藝術表現等層面分析歸納，以見其承繼與創新之跡。

第三章　乾隆三大家詠史詩寫作背景

文藝之興，諒非虛造，優秀的詩歌往往蘊蓄特殊的時代意涵，如《毛詩・序》謂：「治世之音安以樂，其政和；亂世之音怨以怒，其政乖；亡國之音哀以思，其民困」〔註 1〕。說明時代變遷，世治不同，詩歌的風格與內容也隨之變化。

而任何作品的完成亦非一種獨立之內造情態，乃是結合社會背景與時空因素之影響所產生，劉勰《文心雕龍・時序》稱：「時運交移，質文代變」、「歌謠文理，與世推移」、「文變染乎世情，興廢繫乎時序」。明清易代的社會動亂震撼了漢族士子的心靈，詩歌成爲文人普遍的抒情方式，自然也就繁盛一時，並且取得超越元、明的成就。但不可諱言地，在異族統治之下的時空環境，實則充斥著惶恐與不安。袁枚、蔣士銓、趙翼三家主要活動的年代，集中于乾隆時期〔註 2〕，其詠史作品也與時代環境有一定的關聯，本章試就政治氛圍、社會環境、學術思想以及詩歌主張等面向，略述三大家詠史詩之寫作背景。

〔註 1〕阮元校勘：《十三經注疏》，台北・大化書局，1982 年 10 月，頁 270。

〔註 2〕乾隆朝凡六十年（1736～1795），袁枚（1716～1797），乾隆元年丙辰舉博學鴻詞，四年己未（1739）成進士。蔣士銓（1725～1785），乾隆十九年甲戌（1754）由舉人官內閣中書，二十二年丁丑（1757）成進士，改庶吉士。趙翼（1727～1814），乾隆十五年庚午（1750）舉鄉士。二十六年辛已（1761）舉一甲三名進士，授翰林編修。

第一節　政治氛圍

清初以異族入主華夏建立新王朝，在康熙皇帝平定「三藩」〔註3〕、綏靖蒙古，又讓岳鍾琪定西藏，復派遣姚啓聖、施琅取臺灣，這些動作，不僅安定了江山，也擴充了版圖。其後雍正、乾隆二帝繼之，達到鼎盛時期，尤其是乾隆皇帝在位六十年間，打了十次勝仗，稱爲「十全武功」〔註4〕，自稱「十全老人」，乾隆四十年（1775）時，王朝所統轄的廣大領土，已遠邁漢朝與唐朝，僅次於蒙古的元朝〔註5〕。

儘管武功如此強盛，爲了鞏固皇權，仍採取懷柔與高壓兩種政策。懷柔用以籠絡人心，降低衝突；高壓則施血腥手段屠殺反抗者，藉之摧殘漢人族群的民族意識。

一、懷柔政策

爲了消解漢人對滿人的仇視，爲了得到漢族士大夫的支持，清政府採取許多懷柔籠絡措施，舉要如下：

（一）舉行科舉考試

科舉考試是清廷選取漢人爲官的主要方式。清代科舉，自順治三年丙戌（1646）開科，至光緒三十一年乙巳（1905）廢止，這二百五十餘年間，未曾中斷，乃讀書人獲得官職之正途。其內容分爲：童試、鄉試、會試、殿試。童試於縣城應考，入縣學之生員稱之秀才；鄉試於省都應考，中試者稱之舉人；會試於京城應考，中試者爲貢士，貢

〔註3〕吳三桂封平西王，尚可喜封平南王，耿仲明封靖南王（後其孫耿精忠襲之），平西王、平南王、靖南王，世稱三藩。

〔註4〕所謂「十全武功」即：初定金川第一，初定準噶爾第二，再定準噶爾第三，平定回部第四，再定兩金川第五，平定台灣第六，平定緬甸第七，平定安南第八，初定廓爾喀第九，再定廓爾喀第十。參王建生：《趙甌北研究》，台北・台灣學生書局，1988年7月，頁354。

〔註5〕參查時傑：《中國近代史》，台北・大中國圖書公司，2001年10月，頁 19～20。又吳澤主編：《圖說中國歷史》，台北・京中玉國際事業公司，2004年4月，頁352～361。

士於京師再參加殿試選拔，出身者曰進士。

科舉的迷人之處在於有「秀才」、「舉人」、「貢士」、「進士」等不同層次的名利內涵。中秀才者，不僅可免除徭役、丁稅，見到地方官更可以站立回話，非經革除功名，亦不得施以笞刑；秀才尚且如此，若中舉人，中進士，更是一世榮華，前途未可限量。

滿清王朝舉行科舉考試，一則可藉功名利祿來籠絡知識分子，使其失節，不敢再自命爲遺老孤臣，另一方面也讓文人士子的精力大量耗損，習作「八股文」之下，無暇顧及其他，達到磨滅漢族群體的反抗意志，著實是高明的統治手腕。

（二）設置博學鴻詞

所謂「博學鴻詞」是科舉常科以外，皇帝特詔舉行的「恩科」，各地薦舉文詞卓越、學行兼優之人，經御試而授以官職的方式。如《清會典》記載：

> 康熙十七年，聖祖仁皇帝詔舉博學鴻詞，凡有學行兼優，文詞卓越之人，不論已仕未仕，令在京三品以上及科道官員，在外督撫藩臬，各舉所知，保舉各員。在外現任者，赴部候試，……十八年，御試博學鴻詞一百四十三人於體仁閣，……。雍正十一年，世宗憲皇帝特詔內外大臣薦舉博學鴻詞，……至乾隆元年，高宗純皇帝御試博學鴻詞一百七十六人於保和殿。〔註6〕

從文獻資料顯示清廷爲了消除漢人民族意識和籠絡漢族士子，故而從康熙十七年以來，經常舉辦「博學鴻詞」，拔擢優秀特異之才，三大家中的袁枚在乾隆元年（1736）時，亦被保薦參加，可惜沒有錄取。〔註7〕

〔註6〕崑岡等續修：《清會典》（四），台北．台灣商務印書館，1986年，頁371。

〔註7〕據方濬師：《隨園先生年譜》載：「乾隆元年，丙辰，先生二十一歲。……省叔父于廣西，寓中丞金公（鉷）署中，作〈銅鼓賦〉，合座稱賞。時方開博學鴻詞科，中丞首以先生列薦剡，遂北上。……冬，試鴻詞

（三）大舉纂修書籍

自康熙時代開始，以獎勵學術爲名，召集文人編纂卷帙浩繁的巨集，此間共編成了《康熙字典》、《佩文韻府》、《古今圖書集成》、《通鑑輯覽》、《續通志》、《續文獻通考》、《續皇朝通典》等書籍，當中又以《四庫全書》的纂修，工程最爲浩大，這項舉措始於乾隆三十七年（1772）開館編纂，經十年修成。收書約 3461 種，79309 卷，存目有 6793 種，93551〔註 8〕，分經、史、子、集四部，所以稱「四庫」。據學者研究，乾隆開館纂修《四庫全書》有其用意：

> 蓋高宗遠鑒於明末述作，關於遼事者眾多；近察漢人反清觀念深植於社會，於是乃藉「弘獎風流」、「嘉惠後學」爲名，一方面延攬人才，編纂四庫，使其耗精敝神於尋行數墨之中，以安其反側；一方面藉收書之機會，盡力搜集漢人數千年來之典籍，凡不如己意者，悉使之淪爲灰燼。此高宗編纂《四庫全書》之唯一政治作用也。〔註 9〕

就這段文字敘述不難理解乾隆皇帝編纂《四庫全書》的用意和目的，仍以政治爲前提。表面上是宣揚滿清的文治，實際上是清查歷代以來之書籍、文獻，對於滿清統治有利者即保存，不利者乘機銷毀。同時，讓士子們消磨精力與時間，爲朝廷效力，逐漸淡化其堅強的民族意識。

以上所列均爲清廷對漢人懷柔政策中，顯著而有效之措施，其他尚有表彰明朝忠烈，起用明朝降臣，以及薄賦省刑除弊等方式〔註 10〕，讓王朝的政權，屹立不搖。

科報罷，落魄無歸，飯高怡園先生（景蕃）家三月有餘。見王英志主編：《袁枚全集》（第八冊），南京・江蘇古籍出版社，1993 年 9 月，頁 5。

〔註 8〕參永瑢等撰：《四庫全書總目》，北京・中華書局，1995 年 4 月，頁 3。

〔註 9〕郭伯恭著：《四庫全書纂修考》，台北・台灣商務印書館，1967 年，頁 3。

〔註 10〕查時傑著：《中國近代史》，台北：大中國圖書公司，2001 年 10 月，頁 22。

二、高壓政策

除了懷柔政策，滿清王朝亦採行高壓統治，以求得政權穩固，其重要內容如下：

（一）武力殘酷鎮壓

清八旗軍自北方南下，在征服江南地區時，遭遇漢人激烈地反抗，故在征服某地之後，往往進行大規模屠殺，一則以立其軍威，一則達到警告其他城鎮漢人之功效，其鎮壓後的慘酷情形在王秀楚《揚州十日記》中曾有記載：

> 無金死，有金亦死；惟出露道旁，與屍骸雜處，生死反未可知。予與婦子應往臥塜後，泥首塗足，殆無人形，火勢愈熾，墓中喬木燒著，光如電灼，聲如山崩，……驚悸之餘，時作昏瞶，蓋已不知此身之在人世間矣！〔註11〕

作者自述其親眼目睹，親身感受之情，乃知清兵入揚州後，殺戮慘酷之狀，令人不寒而慄。

（二）厲行薙髮之令

清朝入關建國之初，對於被統治的漢人，在服飾髮型上，並無要求，但平定江南以後，爲摧毀漢人的民族意識，乃嚴令漢人男子須薙髮留辮，遵從滿人習俗，並要求在一定期限內完成，違者處以極刑，雷厲風行之下，致有「留頭不留髮，留髮不留頭」之說。觀胡蘊玉《髮史・序》亦知漢民族抗爭之情狀：

> 入關初，薙髮令下，吾民族之不忍受辱而死者，不知凡幾。幸而不死，或埋居土室，或遁跡深山，甚且削髮披緇。其百折不回之氣，腕可折、頭可斷、肉可臠、身可碎、白刃可蹈、鼎鑊可赴，而此星星之髮，必不可薙，其意豈在一髮哉？蓋不忍視上國之衣冠，淪於夷狄耳。〔註12〕

〔註11〕王秀楚：《揚州十日記》，收錄於沈雲龍主編：《明清史料彙編二集》（第五冊），台北・文海出版社，1971年9月，頁14。

〔註12〕胡蘊玉著：《髮史》，收於《滿清野史》（第10種），台北・新興書局，1983年。

《孝經》有云：「身體髮膚，受之父母，不敢毀傷，孝之始也」因此，留髮是正視漢民族傳統文化的不容消滅，無端薙髮則視為奇恥大辱，斷送文化，為保護一己之髮，漢人捨身抗敵，在所不惜。

（三）屢興文字之獄

文字獄，是指因為文字的細故而構成的獄案，其形式是以文字作品獲罪，具體說，就是當事人在其詩文等文字著作中，或某些言論中，流露出對現狀不滿的情緒，或觸及當朝某方面忌諱的人和事，即根據其思想傾向甚至是捕風捉影而治罪。〔註13〕

清朝屢興文字獄的作用在於嚴防文人著書立說，以傳播反清思想及故國情懷，當時文人學士受此摧殘者不計其數，據學者研究順治四年（1647）之函可《再變記》屬於較早的文字獄。〔註14〕之後清廷查緝禁書的活動便踵繼不絕，歷康熙、雍正、乾隆三朝而到達頂峰。筆者參考虞雲國等編《中國文化史年表》和嚴迪昌《清詩史》〔註15〕，列出康、雍、乾時期代表性之重大獄案及內容，作成簡表，透過表格，可略明梗概，表如下：

時間、案別	案　情　略　述
1 康熙二年（1663）莊廷鑨私修《明史》案	莊廷鑨，浙江烏程人。雙目失明，從鄰人明天啓間宰輔朱國禎家購得明史未刊稿，延請賓客編成《明史輯略》，冠以己名。死後，其家人將書刊刻，被人訐告，遭到清政府嚴厲追查，莊廷鑨被戮尸，家屬及作序、參閱、刻工、刷匠、書賈、藏書牽連而死者共七十二人。

〔註13〕參李治亭著：《清史》（上），上海．上海人民出版社，2002 年，頁 928。

〔註14〕謝國楨：《明清之際黨社運動考．粵中諸社》載：「函可（俗名韓宗騋），他自經甲申（崇禎十七年（1644））以後，來到金陵，未幾弘光北狩，他看見很不平，作一部私史，詆謗清朝，就被清兵擒住，送到北京，可以說清初最早的文字獄。」（卷 12），台北．台灣商務印書館，1967 年，頁 247。

〔註15〕虞雲國等編：《中國文化史年表》，上海．上海辭書出版社，1990 年 11 月，頁 595～661。嚴迪昌：《清詩史》，杭州．浙江古籍出版社，2002 年 12 月，頁 654～656。

2 康熙五十年（1711） 戴名世《南山集》案	此案至康熙五十二年（1713）始結。戴名世斬，方孝標開棺戮尸，牽連數百人。汪灝、方苞革職入旗。方氏子裔方登峰、雲旅、世樵等遣戍黑龍江。諸人皆皖籍。
3 雍正六年（1728） 呂留良《文選》案	此案至雍正十年（1732）結案。呂留良、呂葆中父子戮尸，呂毅中斬立決，孫輩遣寧古塔爲奴。留良弟子嚴鴻逵亦戮尸梟示，孫輩發往寧古塔爲奴。鴻逵弟子沈在寬斬立決。其餘罹案而處斬監候、流徙、杖責者數以百十計。以上案犯皆浙籍。
4 雍正八年（1730） 屈大均《翁山詩外》、《文外》案	此案到乾隆時期又重發，至乾隆四十年（1775）始結迄，連綿幾達半個世紀。後裔幸免。
5 乾隆二十年（1755） 胡中藻《堅磨生詩鈔》案	此案當年十月結。胡中藻，江西新建人，乾隆元年（1736）進士，九年（1744）任陝西學政。以多悖逆譏訕語定讞，處斬；其原座師鄂爾泰，被撤出「賢良祠」。此獄牽涉八旗大臣。
6 乾隆四十二年（1777） 王錫侯《字貫》案	錫侯爲江西人，刻《字貫》，因變更《康熙字典》，被處斬決，子孫七人秋後處決。
7 乾隆四十三年（1778） 徐述夔《一柱樓詩集》案	述夔爲江蘇東台人，時已亡故，集中多詠明末史事，有「明朝期振翮，一舉去清都」句，遂以隱含誹謗罪興大獄。與子皆剖棺戮尸，其孫斬監候。述夔著述盡行銷毀。
8 乾隆四十三年（1778） 陶汝鼐《榮木堂文集》及陶煊、張燦《國朝詩的》案	陶汝鼐（1610～1683），字仲調，號密庵，湖南寧鄉人。清初遺民。其集罹案起因於《詩的》。陶煊是汝鼐之孫，《詩的》共六十卷，刻於康熙末，分省爲卷。其違礙處因選入屈大均、呂留良等詩作，此外又有錢謙益詩，時乾隆皇正嚴斥牧齋，故勒毀版查禁，禍及《榮木堂文集》。唯陶氏子孫已故，未株連後裔。
9 乾隆四十四年（1779） 沈大綬《介壽辭》、《碩果錄》案	湖南沈大綬（已故）曾刻《介壽辭》、《碩果錄》，被控「語多狂悖」，開棺戮尸，子孫兄弟及侄均斬決。
10 乾隆四十四年（1779） 程樹榴序王沅《愛竹軒詩集》案	安徽天長縣貢生程樹榴序王沅《愛竹軒詩集》有「造物者之心，愈老而愈辣」，因而獲咎，被處斬立決。
11 乾隆四十四年（1779） 祝庭諍《續三字經》案	祝庭諍遭戮尸，孫斬決。
12 乾隆四十四年（1779） 馮王孫《五經簡詠》案	馮王孫，湖北人，以所著《五經簡詠》內有「飛龍大人見，亢悔更何年」句，獲「不避廟諱」罪，淩遲處死。

13 乾隆四十四年(1779)石卓槐《芥圃詩鈔》案	此案次年五月結。石氏湖北黃梅人，監生，被凌遲處死。
14 乾隆四十四年(1779)李驎《虬峰集》案	時李驎亡故已七十年，仍剖其棺「銼碎其尸，梟首示眾」，毀焚所著。
15 乾隆四十五年(1780)戴移孝《碧落後人詩集》案	此案并連移孝子戴昆《約亭遺詩》一集。移孝父子戮尸，戴昆之子戴用霖及孫子世法、世得均監斬，另一孫戴世道因是乾隆九年（1744）刻本主持人，立決斬首，妻予功臣爲奴，案情慘烈。
16 乾隆四十五年(1780)王仲儒《西齋集》案	仲儒與李驎同鄉，亦江蘇興化人，其獄情亦同。
17 乾隆四十七年(1782)卓長齡等詩文集案	卓氏家族禍及的詩集有卓長齡《高樟閣詩集》、卓愼《學裘集抄》、卓敏《見山堂學裘集抄》、卓徵《學箕集抄》、卓軼群《西湖雜錄》等，前後四代。卓長齡等戮尸，長齡之孫卓天柱、卓天馥斬決，曾孫卓連之亦斬決。杭州卓氏之獄最爲慘酷。

上述案獄之高峰在乾隆二十年後，又以四十三至四十七年間最爲極端。文字獄影響層面甚廣，案情之慘酷，殆非今人所能想像，而詩人的創作方針亦受到限制，如陳衍《小草堂詩集敘》有云：「道咸以前，則慴於文字之禍，吟詠所寄，大半模山範水，流連景光；即有感觸，決不敢顯然露其憤懣，間借詠物詠史以附於比興之體，蓋先輩之矩矱類然也」〔註 16〕。王易也說：「史館詞科，士悉歸於羈縶；文獄書禁，氣則被其摧殘。由是好學者入於鑿險縋幽；而能文者逃於吟風弄月。成績雖異，避患則同。」(《詞曲史》)

除了文字獄之外，舉凡批評朝政，無關排滿，亦在高壓之列；更甚者，乃舉發之人，可得功名，於是漸開告密之風，使得學者人人自危，明哲保身。由此，可以想見當時整個政治氛圍是何等肅殺，詩人只得借詠物、詠史詩寄托襟抱，以避禍端。

〔註 16〕陳衍著：《石遺先生集》（第 5 冊），台北・藝文印書館，1964 年，頁 53。

第二節　社會環境

清代前期，在康熙、雍正、乾隆三位皇帝的努力經營之下，社會呈現安定繁榮的現象，從當時人口與賦額的資料，可以證明，如《清史稿・食貨志一》記載：

> 蓋清承明季喪亂，户口凋殘。經累朝休養生息，故户口之數，歲有加增。約而舉之：順治十八年，會計天下民數，千有九百二十萬三千二百三十三口。康熙五十年，二千四百六十二萬一千三百二十四口。六十年，二千九百一十四萬八千三百五十九口，又滋生丁四十六萬七千八百五十口。雍正十二年，二千六百四十一萬七千九百三十二口，又滋生了九十三萬七千五百三十口。乾隆二十九年，二萬五百五十九萬一千一十七口。六十年，二萬九千六百九十六萬五百四十五口。〔註17〕

由於改朝換代，殺戮過盛，順治十八年的人口統計只有一千九百多萬，到了乾隆時期，政局日趨平穩，百姓生活安定，人口急遽增多，乾隆六十年時，其數目接近三億，盛況空前。

又如賦額方面，《清史稿・食貨志二》言：

> 總計全國賦額，其可稽者：順治季年，歲徵銀二千一百五十餘萬兩，糧六百四十餘萬石；康熙中，歲徵銀二千四百四十餘萬兩，糧四百三十餘萬石。雍正初，歲徵銀二千六百三十餘萬兩，糧四百七十餘萬石。高宗末年，歲歲徵銀二千九百九十餘萬兩，糧八百三十餘萬石，爲極盛云。〔註18〕

從稅收情形可以窺見清王朝前期的強大，財富雄厚，經濟穩固與繁榮進步。然而在一片看似太平盛世的背後，卻隱藏著諸多社會危機。如糧食短缺，米價昂貴；貪污盛行，賄賂成風；社會衝突，內亂不斷等。

先談糧食短缺，米價昂貴。乾隆時期，人口迅速膨脹，兵糧民食的消費越來越大，但米糧生產增加的速度卻遠遠不及，因此，米價一天天高漲，連帶引起物價波動。長期如此，勢必造成人民生活困窘，

〔註17〕趙爾巽等撰：《清史稿》，上海・上海古籍出版社，1986年，頁459。
〔註18〕同前註，頁467。

社會也將動蕩不安。關於乾隆中期以後，人口增加，物價昇騰的情形，在洪亮吉的〈生計篇〉有一段詳實記錄：

今日之畝，約凶荒計之，歲不過出一石；今時之民，約老弱計之，日不過食一升。率計一歲一人之食，約得四畝；十口之家，即須四十畝矣。今之四十畝，其寬廣即古之百畝也。四民之中，各有生計，農工自食其力者也。商賈各以其贏，以易食者也；士亦挾其長，傭書授徒，以易食者也。除農本計不議外，工商賈所入之至少者，日可餘百錢；士傭書授徒所入，日亦可得百錢。是士工商一歲之所入，不下四十千，聞五十年以前，吾祖若父之時，米之以升計者，錢不過六七；布之以丈計者，錢不過三四十。一人之身，歲得布五丈，即可無寒；歲得米四石，即可無飢。米四石，爲錢二千八百；布五丈，爲錢二百。是一人食力，即可以養十人；即不耕不織之家，有一人營力於外，而衣食固已寬然矣。今則不然，爲農者十倍於前，而田不加增；爲商賈者十倍於前，而貨不加增；爲士者十倍於前，而傭書授徒之館不加增。且昔之以升計者，錢又須三四十矣；昔之以丈計者，錢又須一二百矣。所入者愈微，所出者益廣；於是士農工賈，各減其值以求售。布、帛、粟、米，又各昂其價以出市，此即終歲勤力，畢生皇皇；而自好者居然有溝壑之憂，不肖者遂至生攘奪之患矣。然吾尚計其勤力有業者耳！何況户口既十倍於前，則游手好閒者，更數十倍於前。此數十倍之游手好閒者，遇有水旱疾疫，其不能束手以待斃也明矣，是又甚可慮者也。〔註19〕

可以看出文人對當時社會景況的焦慮，糧食短缺，物價上揚，加上游手好閒者暴增，整個社會處於隨時會萌生動亂之態。

對於米價昂貴的問題，三大家中的蔣士銓、趙翼在詩中也曾加以反映，如蔣士銓〈米貴倒疊前韻〉中有：「越州屢豐年，民食豈云缺。遏糴凜厲禁，邦人暗嗟泣。千錢米四斗，典鬻到裙幘。新禾栖野黃，

〔註19〕洪亮吉著：《洪北江詩文集》，〈文甲〉卷一「意言二十篇之七」，台北·世界書局，1964年，34頁。

舊穀堆廩白」〔註20〕之句。千錢才得四斗米，窮人被逼到要典當裙幘，怎教人不傷感流淚。又趙翼〈米貴〉云：「米貴如珠豈易量，午炊往往到斜陽。老夫近得休糧法，咀嚼新詩誑饑腸」〔註21〕。因爲米貴，詩人兩餐當作一餐，午餐、晚餐一併食用，又想出「咀嚼新詩」之法節食，以精神誑騙饑腸，乃知米價昂貴對人民迫害之程度甚鉅。

其次是貪污盛行，賄賂成風。乾隆皇帝，好大喜功，晚年寵幸和珅，由和珅專政達二十五年之久，在他擅權之下，貪污成風，賄賂公行，聚斂舞弊，無所不爲，據《清史稿》卷三一九〈和珅傳〉云：

> 和珅柄政久，善伺高宗意。因以弄權作威福，不附己者，伺機激上怒陷之；納賄者則爲周旋，或故緩其事，以俟上怒之霽。大僚恃爲奧援，剝削其下以供所欲。鹽政、河工素利藪，以徵求無厭日益敝。川楚匪亂因激變而起，將帥多倚和珅，糜餉奢侈，久無功。〔註22〕

朝中權臣既開此風，覬覦利祿的地方官吏，無不爭相趨附，紛紛投效，最終導致吏治敗壞，士風卑下。

再次爲社會衝突，內亂不斷。從康熙、雍正到乾隆，其間的作亂起事，不勝枚舉，如：康熙六十年台灣民朱一貴據台灣。雍正七年，湖南靖州生員曾靜以書致岳鍾琪，遊說其舉事，鍾琪併其書交與清，被殺。雍正十年，台灣大甲番作亂。雍正十一年，貴州黔苗起事。乾隆五年，湖南廣西猺起兵。乾隆十九年，四川貧民陳昆起事。乾隆二十二年，回酋和卓木叛。乾隆二十九年，回帝烏什民作亂。乾隆三十九年，袞州民王倫起義。乾隆四十六年，蘭州回教徒起事。乾隆四十九年，甘肅回民張阿渾起事。乾隆五十二年，台灣林爽文起兵自立。乾隆五十八年，白蓮教徒劉之協起事等。〔註23〕

〔註20〕蔣士銓《忠雅堂詩集》卷十九。
〔註21〕趙翼《甌北集》卷二十九。
〔註22〕同註17，頁1206。
〔註23〕見胡蘊玉：〈漢人不服滿人表〉，載於廣文編譯所主編：《清史集腋》（五），台北・廣文書局，1972年，頁155～157。

面對如此多的社會危機，既不能明說，又無法視而不見，那心思敏銳的詩人，自然選擇以「詠史」加以呈顯，如趙翼〈感事〉〔註24〕，借用《戰國策・齊策》、《史記・汲鄭列傳》和《莊子・外物》等典故，流露出他對當時政局隆污的厭惡之情，又如〈閱明史有感於流賊事〉其二〔註25〕，認為百姓都盼望能過太平之日，任誰都不願「鋌而走險」，他們會走險路，都是「死有餘辜」的貪吏逼迫而成。又〈讀史〉四首之一〔註26〕，就現實抒發其徬徨憂思，夜不能寐。至於袁枚、蔣士銓亦直抒胸臆，關心民間疾苦，或讀史書，表達史觀，或借詠古人寓家國之思，如袁枚〈馬嵬〉詩其二以「石壕村裏夫妻別，淚比長生殿上多」〔註27〕，同情黎民百姓的命運，表現其民本思想。蔣士銓〈讀宋儒奏疏〉其三〔註28〕，申說國家盛衰之機，總在隱微之處。既發現輕微之傷，應及早治療，諱疾忌醫，終至病入膏肓，隱含諷喻之旨。又〈讀杜詩〉，自況杜甫，而「隱懷當世憂」〔註29〕。凡此，適足以印證，社會環境的變化與詩人作品均有一定的關聯。

第三節　學術思想

清代康、乾時期，開國已歷百年，政治漸趨穩定，經濟日益繁榮，統治者採取恩威並施的政策，知識分子大多潛心典籍，學術文化呈現蓬勃興盛的狀態。然由於文網嚴密，學者為明哲保身，不僅不敢評議朝政，即使是稍涉時代忌諱的學術也不敢研習，在這種情形下，所開展出來的學術思潮自然有所不同，基本上，可以從兩個方向切入分析。

〔註24〕《甌北集》卷三十六。
〔註25〕《甌北集》卷三十九。
〔註26〕《甌北集》卷四十二。
〔註27〕《小倉山房詩集》卷八。
〔註28〕《忠雅堂詩集》卷十二。
〔註29〕《忠雅堂詩集》卷二十四。

一、考據之學的興起

在清廷高壓與懷柔雙重政策實施下，漢族士子，不敢從事當代文學與歷史之研究，轉而往古代史，古籍中著手，整個學風皆籠罩在「考據學」裏。

考據學也稱「樸學」，以經典爲研習重心。研習經典首重校勘和訓詁，校勘必定涉及輯佚、辨僞；而訓詁則進入語言、文字之研究，因此歷代儒家經典、諸子學說、各類史籍等古老文獻，成爲學者們深入探討、嚴密審視的對象，甚而，與考據相關之聲韻、文字、訓詁和歷史、地理、典章制度等各類學問，也獲得前所未有的發展。當時的考據學有許多重要學者，如以惠棟爲代表的吳派和以戴震爲代表的皖派。

惠棟爲江蘇吳縣人，自幼刻苦向學，博通經史百家，他遠紹顧炎武以來的學術傳統，主張「經之義存乎訓，識字審音，乃知其義。是故古訓不可改也，經師不可廢也」〔註 30〕。由經書的文字、聲韻、訓詁尋求義理的治學宗旨，即是從他確立而來。惠棟的學友和弟子，以沈彤、余蕭客、江聲、王鳴盛、錢大昕等人最爲著名。由於他們恪守惠棟之說，強調文字、聲韻、訓詁的治學宗旨，又均爲江南人，因此被稱之「吳派」。

與惠棟爲首的吳派雙峰並峙，並促使考據發展到高峰的是以戴震爲首的皖派。

戴震是安徽休寧人。幼年家境清寒，然刻苦自勵，孜孜向學，師從江永，學業益進。其後於揚州結識惠棟，受其影響。他強調訓詁、考據與義理的結合，甚而視義理爲文章、考核之源。同時，他覺察學者顯露泥古弊端，因而大力提倡實事求是的治學態度。以此爲宗旨，戴震致力於文字、音韻、訓詁、考據以及古天算、地理等方面之研究，成爲清代中葉著名的學者，並將考據帶至發展的高峰。

〔註 30〕參惠棟著：《松崖文鈔》，收於《叢書集成》（第 191 冊），台北・新文豐出版社，1989 年，卷 1。

戴震的學友和弟子乃至私淑弟子眾多，他們有的繼承其音韻訓詁之學，方法愈加嚴密，成就也更爲突出，如段玉裁、王念孫、王引之等；有的則兼承戴震的哲學思想，在音韻訓詁和義理方面均有所成就，如程瑤田、洪榜、凌廷堪等。這些學者大多爲安徽人，學術宗旨、風格和治學方法都十分接近，因此被稱之「皖派」。

此外在史學方面，清代史學家們也用考據之法爲古史訂譌、正謬、補遺〔註31〕，著作相當豐贍，如杭世駿《歷代藝文志》，孫星衍《史記天官書補目》，洪亮吉《補三國疆域志》、《十六國疆域志》，錢大昕《廿二史考異》，王鳴盛《十七史商榷》，趙翼《廿二史箚記》等等，「考據」儼然成爲清代史學之特色。而乾隆三大家中的趙翼，既是史學大家，又是文學巨擘，不僅撰寫《廿二史箚記》，更有《甌北集》五十三卷和《甌北詩話》十二卷之作，他的詩歌作品和詩話創作也受到考據學之影響，間以考據之法入詩，當然，詠史詩也是如此，像〈古州諸葛營〉、〈白鹿洞書院〉〔註32〕等，就是最好的例證。

至於「考據」興盛的原因，學者以爲除了清廷興「文字獄」，禁「結社講學」之外，重要的是皇帝積極提倡〔註33〕。

二、文學批評的新變

因著樸學考據之風大盛，這時期的文學與文學批評相對受到激盪，形成繁榮而又多變之景，如詩歌、古文、詞、戲曲、小說等文類的批評都有明顯的變化。分列敘述於下。

（一）詩　歌

康熙年間，詩歌批評以王士禎「神韻說」影響最大。由於世治的不同，王士禎的創作與理論一變前代風尚，不再以慷慨激越、號

〔註31〕參杜維運著：《清代史學與史家》，台北・東大圖書公司，1984年。
〔註32〕《甌北集》卷十八、卷三十四。
〔註33〕王建生著：《趙甌北研究》，台北・台灣學生書局，1988年7月，頁388。

呼跳踉相標榜，而轉入一種典雅含蓄、清幽淡遠的風格。他標舉「神韻」，宗奉盛唐，推重晚唐司空圖、宋嚴羽之詩論，都是爲了倡導這種詩風：既要雅正而有風韻，又要沖澹而能蘊藉。

到了乾隆時期，詩歌批評則有沈德潛「格調說」、翁方綱「肌理說」和袁枚「性靈說」之更替。

沈德潛「格調說」標舉唐詩，提倡正音宏響，力持汰除淫濫，亦不好過於虛靈無著，強調溫柔敦厚，要求詩歌創作教化、學問與審美相結合，迎合了統治者文治的願望。

翁方綱「肌理說」以考據學問入詩，他反對將考訂訓詁與詩歌創作判爲二事，提出「爲學必以考證爲準，爲詩必以肌理爲準」〔註34〕，而充實詩歌肌理的途徑主要就是通過鑽研古籍，培養深厚學問根柢，其詩歌風格趨向質實厚重。

袁枚「性靈說」主張「詩寫性情，唯吾所適」〔註35〕，既不受封建正統思想和傳統道德的約束，也不受詩歌形式的限制，個性色彩鮮明。至此，清詩才徹底擺脫或宗唐、或宗宋的餘習，走向獨立發展之路。之後，趙翼、蔣士銓，以及宋湘、張問陶、黃景仁等文人紛紛圍繞在袁枚四周，形成了聲勢浩大的「性靈」派，清詩發展達到了高峰。

（二）古　文

相對詩歌而言，古文理論中受樸學考據之風的影響更爲直接、顯著。經學家文論大多主張以考據爲側重，來統一義理、博學、文辭三者關係。而姚鼐爲桐城派理論之集大成者，他一方面極力維護和發展桐城家法，另一方又以酌考據入文的積極態度應變時勢，將方苞的「義、法」二要素擴充爲義理、考據、文章三要素，於三者統一中突出文辭藝術要素的重要。此外，章學誠亦認爲義理、考據、辭章三者

〔註34〕翁方綱：〈志言集序〉，《復初齋文集》（卷四），台北・文海出版社，1961年，頁210。

〔註35〕《隨園詩話》卷一。

必須相輔相佐，貫通爲用，但他對經學家過分突出考據學問，古文家太多強調辭句聲氣之藝術手段均致不滿，而以史家的眼光，要求古文創作以史爲宗。

（三）詞

詞興於唐，盛於宋，而衰於元、明，至清代初期，作家輩出，陳廷焯《白雨齋詞話》卷一云：「國初諸老，多究心於倚聲。取材宏富，則朱氏（彝尊）《詞綜》。持法精嚴，則萬氏（樹）《詞律》。他如彭氏（孫遹）《詞藻》、《金粟詞話》及《西河詞話》（毛奇齡）、《詞苑叢談》（徐軌）等類，或講聲律，或極艷雅，或肆辯難，各有可觀」〔註36〕。可知清初詞學不論在創作、詞論或詞集整理上，均有高度成就。

而康乾時期詞學家的論點，很能代表當時的思想潮流，重要詞家有陳維崧、朱彝尊、納蘭性德和厲鶚等。

陳維崧工詩能文，尤善屬詞，創作豐富。他推崇蘇軾、辛棄疾，詞風豪放雄渾，慷慨蒼涼，以懷古傷今、感慨身世之作最具特色，開創清詞陽羨派。

朱彝尊亦善詩能詞，主張宗法南宋，尤爲崇尚格律派詞人姜夔、張炎，講求詞律精巧，用字清新，意境醇雅，被推爲浙西詞派，一時詞人風動影從，影響很大。

納蘭性德則別具一格，他生性敏感穎悟，情感豐富，於詞崇尚南唐後主李煜，自抒胸臆，不假雕琢，明麗自然，淒婉動人，在清初詞中自成一派。

乾隆時期，厲鶚承繼浙西詞派，同樣講究詞句音律之工巧凝煉，追求意境的秀麗清婉，一時成爲詞派主流。然過分偏重形式與技巧，一味強調清雅，其末流逐漸走向枯寂，趨於衰微。

（四）戲　曲

清初由於受到鼎革之變的刺激，戲曲往往被用來表達故國之

〔註36〕陳廷焯著：《白雨齋詞話》，台北・河洛出版社，1978年，卷1〈引言〉。

思，感情深切，而在戲曲理論中則形成寓託之說，如吳偉業的史劇理論既肯定「按實譜義」(《清忠譜序》)，又主張對史實作某些改動，抒寫意緒，寄託心聲。而隨著社會逐漸歸於平寧，史劇理論中寄託眷念故國之內蘊轉爲垂訓來世，如孔尚任《桃花扇》，以明末復社名士侯方域與秦淮名妓李香君的愛情故事爲線索，描繪了南明弘光王朝由建立到覆滅的短暫歷史。作者將個人的命運與社會的動盪和歷史的變故緊密結合，以國破家亡的悲劇結局，抒發作者的興亡之感。

雍正以後，文人戲之創作逐漸進入尾聲，但仍出現一些代表性的作家和作品，像蔣士銓即是乾隆時期最負盛名的戲曲家。他創作三十餘種，今存十六種，較爲通行的有《藏園九種曲》。其中雖有歌功頌德之內容，但不乏以忠義愛國志士爲題材的作品，如〈冬青樹〉、〈桂林霜〉等，敘寫文天祥、謝枋得等志士殉難之事，風格蒼涼慷慨，辭采流暢精煉。相較於戲曲之作，蔣士銓在詠史詩方面呈現更多描寫忠義的作品，如〈梅花嶺弔史閣部〉、〈梅花嶺謁史忠正祠墓〉、〈題文信國遺像〉、〈止水亭弔江文忠公萬里〉、〈謁于忠肅公祠墓〉等，這與他本身的忠義思想相關。

至於樸學風氣在戲曲創作和批評中也有所反映，像孔尚任寫〈桃花扇〉，堅持確考主要素之可信，他在《考據》中將〈桃花扇〉重要故事情節的資料來源一一列出，並注明每齣戲故事內容發生的時間，即爲求信徵實的例證，這在一定程度上受到考據之風的影響。

（五）小　說

在清代的各種文學領域中，成就最爲輝煌的當推小說，如蒲松齡《聊齋志異》、曹雪芹《紅樓夢》、吳敬梓《儒林外史》等皆以其鉅大的思想、藝術成就吸引著眾多讀者。而這個時期的小說批評家評點的對象除了注重前代幾部「奇書」，像金聖嘆評《水滸傳》，毛綸、毛宗岡評《三國演義》，張竹坡評《金瓶梅》外，更青睞於新湧現的小說，有脂硯齋評《紅樓夢》，閒齋老人和無名氏序評《儒林外史》，馮鎮巒評《聊齋志異》等，其中既有對前人小說理論的繼承，又有時代文藝思潮新的補充、開拓與發展，讓清朝成為我國古代小說批評發展史上一個重要的階段。

以上所列舉各種文學批評的內容，大多在考據之學盛行下，被建立和帶動，當中也不乏個性色彩之呈現，如袁枚「性靈說」和許多小說新批評等，這是在清代康乾期間學術思想上的重要表現。

第四節　詩歌主張

在乾嘉詩壇上，袁枚、蔣士銓與趙翼並稱為「乾隆三大家」。三人均有詩集傳世，如袁枚著《小倉山房詩集》三十九卷（正三十七卷，補二卷），蔣士銓著《忠雅堂詩集》二十九卷（正二十七卷，補二卷），趙翼著《甌北集》五十三卷。此外，他們對詩歌創作，亦有各自的理念與主張，如袁枚有《隨園詩話》，趙翼有《甌北詩話》等論詩專集，蔣士銓雖無論詩專門著述，卻不乏詩歌理論之建立，其詩歌主張、認知與見解，散見於《忠雅堂文集》、《忠雅堂詩集》和其他相關著作當中。欲探究三大家詠史作品，須先熟稔其生平，其次對於他們的詩歌主張也必須有一定程度的了解，以下即針對三家生平事誼與詩歌主張作簡說。

一、袁枚生平與詩歌主張

（一）生平事誼

袁枚，字子才，號存齋，一號簡齋，小字瑞官〔註 37〕。因居於江寧（今南京）小倉山隨園，世稱隨園先生。晚年自號倉山居士、隨園老人、倉山叟。浙江錢塘（今杭州）人，祖籍慈溪（今屬浙江寧波）。祖父名錡，字旦釜，為明崇禎朝侍御史槐眉之孫〔註 38〕，槐眉與父親

〔註 37〕見《小倉山房詩集》卷二十四，〈金賢村太守來自黔嶺小住秦淮七夕前一日率諸侍者枉駕隨園索詩作贈〉，詩中自注云：「余小字瑞官」。
〔註 38〕見《小倉山房詩集》卷三十六，〈到西湖住七日即渡江游四明山赴克

茂英皆不乏詩才，有《竹江詩集》行世〔註39〕。曾祖「爲象春府君」〔註40〕，府君乃知府，介於布政使與知縣之間，官位不低。祖母柴氏，愛護袁枚深切〔註41〕。父袁濱、叔袁鴻，均因生活窮困，遊幕四方。母親章氏，爲杭州耆士章師祿先生之次女，年二十歸袁家，性情慈和端靜，溫文爾雅，知書達禮。（參附錄〈袁枚家族世系簡表〉）

康熙五十五年丙申（1716）三月二日〔註42〕，袁枚誕生於錢塘縣東園大樹巷中〔註43〕。嘉慶二年（1797）丁巳，十一月十七日，卒於南京市北小倉山之隨園，享壽八十二歲〔註44〕。觀袁枚一生事誼，略可分爲三大時期。

1、學習與求仕（康熙五十五年至乾隆四年，1716～1739）

袁枚五歲曾受孀姑沈夫人之家庭教育，七歲正式受業于杭州史玉瓚先生，研讀《論語》、《大學》，奠定古文根柢。九歲自學古詩詞賦。十二歲入泮，十八歲入萬松書院，十九歲改於杭州敷文書院，受業名儒楊文叔先生。二十一歲赴桂林廣西巡撫金鉷署中探訪叔父袁鴻先生，途中所創之詩爲《小倉山房詩集》之始。金鉷爲試其才，命作〈銅鼓賦〉，袁枚提筆而成，文采斑爛，擲地有聲，金氏激賞之

太守之招〉詩自注：「五代祖察院槐眉公有祠堂。」

〔註39〕見《隨園詩話》卷二。

〔註40〕見方濬師：《隨園先生年譜》。

〔註41〕如《小倉山房詩集》卷二〈隴上作〉：「憶昔童孫小，曾蒙大母憐。勝衣先取抱，弱冠尚同眠。髻影紅燈下，書聲白髮前。倚嬌頻索果，逃學免施鞭。敬奉先生饌，親裝稚子綿。掌珠眞護惜，軒鶴望騰騫。行藥常扶背，看花屢撫肩。親鄰驚寵極，姊妹妒恩偏。」

〔註42〕見《隨園八十壽言》卷三，法式善〈寄祝簡齋姻伯八十壽序〉稱：「簡齋前輩以乾隆乙卯三月二日八十壽」。以此推知，袁枚生於康熙五十五年丙申三月二日。

〔註43〕見《小倉山房詩集》卷二十八〈余生東園大樹巷中周晬遷居今六十五矣重過其地〉詩。另《隨園詩話》卷十亦載「余祖居杭州艮山門內大樹巷」之語。

〔註44〕見孫星衍撰〈故江甯縣知縣前翰林院庶吉士袁君枚傳〉：「以嘉慶二年，十一月十七日卒，年八十有二。」，錢儀吉等編：《清朝碑傳全集（二）》，台北・大化書局，1984年12月，總頁1307。

餘，特薦舉袁枚赴北京試博學鴻詞科，雖報罷，卻於京師獲「奇才」之譽。乾隆三年（1738），袁枚二十三歲中舉，次年再中進士，選爲庶吉士入翰林，是年冬返鄉與王氏完婚。

2、入仕與從政（乾隆五年至十三年，1740～1748）

乾隆五年（1740），袁枚從史貽直學習滿文，七年（1742）二十七歲考試不及格，由翰林外放爲江蘇省溧水縣知縣，勤政愛民，治績卓越。二十八歲調任江浦知縣，同年又調沭陽知縣，三十歲改調江寧知縣，在職四年，至三十三歲，前後計歷四任知縣。乾隆十二年（1747）間，兩江總督尹繼善曾舉薦袁枚任高郵州知州，爲吏部駁回，次年袁枚乞養辭官，並以三百金購得江寧織造曹頫後任隋赫德之舊「隋織造園」，取《周易・隨》「隨之時義大矣哉」之義，改治「隨園」，權作歸隱之所。

3、歸隱賦閑與全心著述（乾隆十四年至嘉慶二年，1749～1797）

此期間近五十年光陰，除乾隆十七年（1752）三十七歲時，由於經濟狀況與親友壓力，曾再起官陝西短期任職外，終身絕跡仕途。乾隆二十年（1755）舉家遷入隨園定居，自此於隨園或與詩友宴飲唱酬，或埋首創製詩文，或微服野行，自在逍遙。晚歲曾數次遠遊，如乾隆四十七年（1782）六十七歲出遊浙江天臺山、雁蕩山；次年遊安徽黃山、廣東羅浮、廣西桂林、湖南衡山；乾隆五十一年（1786）七十一歲行福建武夷山；乾隆五十七年（1792）七十七歲重遊天臺山；乾隆六十年（1795）已屆八十高齡的袁枚仍徜徉於東南山水間，並書寫豐贍山水詩文。嘉慶二年（1797），八十二歲因痢疾卒于隨園。嘉慶三年（1798）十二月乙卯，葬小倉山北，祔父母墓之左。

（二）詩歌主張

乾嘉時期，袁枚馳騁文苑詩壇近五十春秋，其談詩喜標舉「性靈」，所著詩集、詩話和文集中，時而可見「詩主性靈」之論，詳「性靈」一詞，首見於六朝，如鍾嶸《詩品・上品》中評阮籍言：

「而詠懷之作，可以陶性靈，發幽思。」又劉勰《文心雕龍・原道》載：「仰觀吐耀，俯察含章，高卑定位，故兩儀既生矣，惟人參之，性靈所鍾，是謂三才。」可視爲中國性靈說之濫觴。唐代時期，詩人常用「性靈」二字入詩，如杜甫〈解悶〉：「陶冶性靈存底物，新詩改罷自長吟。」、孟郊〈怨別〉：「沉憂損性靈，服藥亦枯槁。」此地引述「性靈」之義，並非一致，像鍾嶸之意爲「情感」，劉勰所用指「智慧」，杜詩所言亦爲「情感」，而孟郊之作屬「天性」，足見「性靈」意涵之複雜。

及晚明，「性靈」搖身一變，成爲文學理論或文學批評之用語，如袁宏道〈序小修集〉稱賞其弟中道詩文云：「大都獨抒性靈，不拘格套，非從自己胸臆流出，不肯下筆。」至於大量使用於論詩，自成一派，則爲袁枚。

袁枚論詩雖舉「性靈」，然於「性靈」之界說未明，故諸家究其詩學者詮釋互異，以下分爲兩個段落說明其詩歌主張之要義。

1、學界詮釋「性靈」鳥瞰

袁枚著作中，對於「性靈」一詞未曾明確釋義，中外學者研究其詩論存在諸多見解，如張簡坤明《袁枚與性靈詩論研究》、司仲敖《隨園及其性靈詩說之研究》、簡有儀《袁枚研究》、吳兆路《中國性靈文學思想研究》、周佩芳《袁枚詩論美學研究》、石玲《袁枚詩論》等專著裏〔註45〕，均曾條舉前輩學者對於「性靈」一詞之觀點，今略述如下：

〔註45〕張簡坤明：《袁枚與性靈詩論研究》，台北・中國文化大學中國文學研究所博士論文，1986年7月，頁170～171。司仲敖：《隨園及其性靈詩說之研究》，台北・文史哲出版社，1988年1月，頁81～88。簡有儀：《袁枚研究》，台北・文史哲出版社，1988年4月，頁115～116。吳兆路：《中國性靈文學思想研究》，台北・文津出版社，1994年1月，頁6～9。周佩芳：《袁枚詩論美學研究》，台北・國立台灣師範大學國文研究所碩士論文，1998年6月，頁11～13。石玲：《袁枚詩論》，濟南・齊魯書社，2003年6月，141～142。

（1）以性情詮釋性靈

以性情釋性靈者，首推清代錢泳，其《履園譚詩‧總論》云：「沈歸愚宗伯與袁簡齋太史論詩判若水火，宗伯專講格律，太史專取性靈」，「古人以詩觀風化，後人以詩寫性情。性情有中正和平、姦惡邪散之不同；詩亦有溫柔敦厚、噍殺浮僻之互異。性靈者，即性情也」〔註 46〕。今人朱東潤《中國文學批評史大綱》亦謂：「性情二字，在隨園用語中，與性靈同義」〔註 47〕。又如日本學者青木正兒說：「所謂『性靈』，乃人性之靈妙力量，不外性情之美稱」〔註 48〕。以及松下忠於〈袁枚性靈說的特色〉裏提到：

> 袁枚在很多地方都是根據性情的有無、厚薄、多少來品第詩人，品評詩篇。……袁枚在給詩下定義時，「性靈」、「情」、「性情」都是通用的；「性靈」和「性情」，是內容上大體相同的、大同小異的兩個概念。〔註 49〕

上列學者之見均值得參酌，惟僅以性情解釋性靈，是否合於袁枚創發的本意？

（2）以靈感詮釋性靈

以靈感詮釋性靈，如顧遠薌在《隨園詩說的研究》一書中所說：「這裏的性靈（指袁枚性靈詩說的性靈），是作內性的靈感講。所謂內性的靈感，是內性的感情和感覺的綜合」〔註 50〕。此外，葉嘉瑩《迦陵論詞叢稿》亦解釋性靈爲：「重在心靈與外物相交的一種感發作用」〔註 51〕。學者認同顧、葉二氏之說在相當範圍內已揭櫫性靈意涵，然

〔註 46〕見丁仲祜編訂：《清詩話》（下），台北‧藝文印書館，1977 年 5 月，頁 1112。

〔註 47〕朱東潤著：《中國文學批評史大綱》，台北‧臺灣開明書店，1946 年 9 月，頁 310。

〔註 48〕見青木正兒著、陳淑女譯：《清代文學評論史》，台北‧臺灣開明書店，1991 年 3 月，頁 110。

〔註 49〕參松下忠著、盧永磷譯：〈袁枚「性靈說」的特色〉，《文藝理論研究》，1981 年，第 2 期。

〔註 50〕顧遠薌著：《隨園詩說的研究》，北京‧中國書店，1988 年 3 月，頁 51。

〔註 51〕葉嘉瑩著：《迦陵論詞叢稿》，上海‧上海古籍出版社，1980 年，頁 314。

略嫌語焉未詳〔註52〕。

（3）以自然詮釋性、以神詮釋靈

此說爲王夢鷗《文學概論》一書所獨有，其曰：

> 古代「生」、「性」二字互用，即至後世也離不開「生之謂性」、「天命之謂性」的解釋，譯以今言，正是自然。「靈」古代或說是「陰之精氣」，其實與「神」同義，用於文學理論，至多可解作「神思」，譯爲今言也只是「構想」，故合「性靈」二字可看作著重於「模仿自然」的藝術論。證以袁宏道、袁枚的論調，正是如此。〔註53〕

作者運化哲學用語，漸次延展「性靈」之意蘊。

（4）以性情、靈機詮釋性靈

提出此種詮釋之學者相對多數，如王運熙、顧易生主編《中國文學批評史》一書即指出：「他（袁枚）所謂「性靈」，主要指自然地、風趣地抒寫自己個人的眞實感情。……「性」即性情、情感，「靈」有靈機、靈趣等意思。……可見「性靈」即「性情」「靈機」的結合，而以前者爲主」〔註54〕。又如曾祖蔭說：「性靈包括性情和靈機兩個方面。靈機是指詩人靈敏的藝術感受和靈巧的藝術構思，寫得活，寫得有趣。性情主要是指詩人的眞情實感，這是他（袁枚）標舉性靈說的核心」〔註55〕。再舉郭紹虞主編之《中國歷代文論選》，同樣認爲「性靈之說，不僅重視性情之眞，同時十分強調藝術上的靈感作用」、「把眞實的感受生動活潑的表達出來，這就是性靈說的眞諦之所在」〔註56〕。至於杜松柏解釋「袁枚的性靈，性

〔註52〕參吳兆路著：《中國性靈文學思想研究》，台北・文津出版社，1994年1月，頁7。

〔註53〕參氏著：《文學概論》第二十二章，台北・藝文印書館，1977年6月，頁247。

〔註54〕參王運熙、顧易生主編：《中國文學批評史》，台北・五南圖書出版公司，2000年11月，頁960。

〔註55〕參曾祖蔭著：《中國古代文藝美學範疇》，台北・文津出版社，1987年6月，頁46。

〔註56〕見郭紹虞編著：《中國歷代文論選》，上海・上海古籍出版社，1998

是指性情真摯自然，靈是表達靈活靈妙」〔註57〕。鄔國平、王鎮遠所表述的「性情和靈機構成了性靈說的基本內容」〔註58〕。以及吳宏一《清代詩學初探》所云：「就表現內容言，性靈即性情，就表現形式言，性靈則指靈妙的寫作技巧」〔註59〕等，觀念上亦不出「性情」、「靈機」之範疇，凡此均已掌握袁枚詩學之主要核心爲表現性情，並追求靈機、靈趣、靈妙之特徵。

（5）以真情、個性、詩才詮釋性靈

如王英志《清人詩論研究》云：

> 性靈說的理論核心或主旨，是從詩歌創作的主觀條件的角度出發，強調創作主體必須具有眞情、個性、詩才三方面要素，在這三塊理論基石上又生發出創作構思需要靈感，藝術表現應具獨創性並自然天成，作品內容以抒發眞情實感，表現個性爲主，感情等所寄寓的藝術形象要靈活、新鮮、生動，詩歌作品宜以感發人心，使人產生美感爲其主要藝術功能等藝術主張。〔註60〕

此說於性情、靈機以外，強調個性、詩才，使「性靈」內涵益發趨於多元。

以上諸家界說「性靈」不盡相同，其論述亦獨具隻眼。然誠如學者所言：「隨園性靈說並不囿於性靈概念本身，故不應只就性靈一詞以揣摩其含義，而應著眼于吟咏情性、陶性靈、發幽思之核心思想所形成之一整套詩歌理論爲主旨，作全面而具體之挖掘」〔註61〕。在清

年3月，頁471。

〔註57〕杜松柏著：《袁枚》，台北・國家出版社，1982年5月，頁190。

〔註58〕鄔國平、王鎮遠著：《清代文學批評史》，上海・上海古籍出版社，1995年11月，頁479。

〔註59〕吳宏一著：《清代文學批評史》，台北・台灣學生書局，1986年，頁213。

〔註60〕參王英志著：《清人詩論研究》，南京・江蘇古籍出版社，1986年11月，頁200。

〔註61〕參司仲敖著：《隨園及其性靈詩說之研究》，台北・文史哲出版社，1988年1月，頁84。

楚前輩學者關注「性靈」意涵概況之後，下面一段擬針對袁枚「性靈說」之基本內核作要點探述。

2、袁枚性靈說底蘊述要

袁枚「性靈說」之闡述，大致見於所撰《隨園詩話》（含《隨園詩話補遺》）、《小倉山房文集》、《小倉山房詩集》和《小倉山尺牘》等。其中又以《隨園詩話》為首。自《隨園詩話》付梓以來，即成為眾人談論之焦點，如錢鍾書《談藝論》云：「自有談藝以來，稱引無如隨園此書之濫者。……此書所以傳誦，不由於詩，而由於話。往往直湊單微，雋諧可喜，不僅為當時之藥石，亦足資後世之攻錯」〔註 62〕。以之為論文題目研究者，無論是單篇或是專書，亦如過江之鯽，更僕難數。限於篇幅與學殖，僅能就詩論基本內容作提綱挈領式之描繪，觀乎隨園「性靈說」之要，不外性情、靈機和著我。

（1）性　情

「性情」是袁枚詩論中首要鮮明的觀點，檢閱其著，信手拈來，隨處可見，如：

a．詩，性情也。性情得，而形骸可忘。〔註 63〕

b．詩者，人之性情也。近取諸身而足矣。其言動心，其色奪目，其為味適口，其音悅耳：便是佳詩。〔註 64〕

c．若夫詩者，心之聲也，性情所流露者也。從性情而得者，如出水芙蓉，天然可愛。〔註 65〕

d．詩寫性情，惟吾所適。〔註 66〕

〔註 62〕見錢鍾書著：《談藝錄》，北京・商務印書館，2011 年 12 月，頁 487～488。

〔註 63〕見《小倉山房（續）文集》卷二十八〈童二樹詩序〉，《袁枚全集》（第二冊），南京・江蘇古籍出版社，1993 年，頁 493。

〔註 64〕見《隨園詩話補遺》卷一，《袁枚全集》（第三冊），南京・江蘇古籍出版社，1993 年，頁 546。

〔註 65〕見《小倉山房尺牘》卷七〈答何水部〉，《袁枚全集》（第五冊），南京・江蘇古籍出版社，1993 年，頁 148。

〔註 66〕見《隨園詩話》卷一，《袁枚全集》（第三冊），南京・江蘇古籍出版

e．詩貴性情，不貴塗澤。〔註67〕

f．提筆先須問性情，風裁休畫宋、元、明。〔註68〕

g．性情以外本無詩。〔註69〕

袁枚以爲，性情是詩歌創作之本源，詩爲性情之表現，性情之產物，其〈答蕺園論詩書〉亦云：「詩者由情生者也。有必不可解之情，而後有必不可朽之詩」〔註70〕；又〈陶怡雲詩序〉言：「性情者，源也；詞藻者，流也。源之不清，流將焉附？」〔註71〕性情既爲詩之源，然各人皆有性情，落實於作品之中如何參其優劣？在袁枚心中，此性情尚須涵融眞趣方爲佳構，他曾引王陽明先生之語云：「人之詩文，先取眞意，譬如童子垂髫肅揖，自有佳致。若帶假面傴僂，而裝鬚髯，便令人生憎」〔註72〕。意指詩人若無眞實情感或喪失自我作品之眞實性，便難引動讀者共鳴，甚而使人生厭，此爲「眞」。又《隨園詩話》卷三稱：「詩如天生花卉，春蘭秋菊，各有一時之秀，不容人爲軒輊。音律風趣，能動人心目者，即爲佳詩；無所爲第一、第二也」〔註73〕。及《隨園詩話補遺》卷三引何獻葵刺史之語相應曰：「詩無生趣，如木馬泥龍，徒增人厭」〔註74〕。此爲「趣」。

社，1993年，頁3。

〔註67〕見《小倉山房尺牘》卷五〈與楊蘭坡明府〉，《袁枚全集》（第五冊），南京・江蘇古籍出版社，1993年，頁101。

〔註68〕見《小倉山房詩集》卷四〈答曾南村論詩〉，《袁枚全集》（第一冊），南京・江蘇古籍出版社，1993年，頁62。

〔註69〕見《小倉山房詩集》卷二十六〈寄懷錢璵沙方伯予告歸里〉，《袁枚全集》（第一冊），南京・江蘇古籍出版社，1993年，頁567。

〔註70〕見《小倉山房（續）文集》卷三十，《袁枚全集》（第二冊），南京・江蘇古籍出版社，1993年，頁527。

〔註71〕見《小倉山房（續）文集》卷三十一，《袁枚全集》（第二冊），南京・江蘇古籍出版社，1993年，頁560。

〔註72〕見《隨園詩話》卷三，《袁枚全集》（第三冊），南京・江蘇古籍出版社，1993年，頁67。

〔註73〕見《隨園詩話》卷三，《袁枚全集》（第三冊），南京・江蘇古籍出版社，1993年，頁67。

〔註74〕見《隨園詩話補遺》卷三，《袁枚全集》（第三冊），南京・江蘇古籍

要之，好詩須備眞切新鮮之情趣，從而「動人心目」、「入人心脾」。也由於袁枚本身尊崇人的自然性情，故而其詠史作品中曾出現〈謝太傅祠〉、〈重登釣臺〉、〈再題子陵廟〉等寄寓理想典範（謝安、嚴光）之章。

（2）靈　機

「靈機」乃作詩，尤爲創製佳構之決定性條件。其中含括「天分」與「靈感」。

先說天分。在袁枚的思維裏，是否具備「天分」是成爲詩人的關鍵。如《隨園詩話》卷十四言：「詩文之道，全關天分。聰穎之人，一指便悟」〔註 75〕。又〈何南園詩序〉載：

> 詩不成於人，而成於其人之天。其人之天有詩，脫口能吟；其人之天無詩，雖吟而不如其無吟。同一石，獨取泗濱之磬；同一銅，獨取商山之鐘：無他，其物之天殊也。舜之庭，獨皋陶賡歌；孔之門，獨子夏、子貢可與言詩：無他，其人之天殊也。……予往往見人之先天無詩，而人之後天有詩。于是以門戶判詩，以書籍炫詩，以疊韵、次韵、險韵敷衍其詩，而詩道日亡。〔註 76〕

這段文字揭櫫若詩人天分具足，則脫口能吟；反之，「先天無詩」便只能步趨他人、依法塡塞、堆垛陳言、敷衍其詩，「雖吟而不如其無吟」。

袁枚重視天分，卻不否定學力。曾以射箭能否中鵠爲喻云：「詩如射也，一題到手，如射之有鵠，能者一箭中，不能者千百箭不能中。能之精者，正中其心；次者中其心之半；再其次者，與鵠相離不遠；其下焉者，則旁穿雜出，而無可捉摸焉。其中不中，不離『天分學力』四字。孟子曰：『其至爾力，其中非爾力。』至是學力，中是天分」

出版社，1993 年，頁 621。

〔註 75〕見《隨園詩話》卷十四，《袁枚全集》（第三冊），南京・江蘇古籍出版社，1993 年，頁 472。

〔註 76〕見《小倉山房（續）文集》卷二十八，《袁枚全集》（第二冊），南京・江蘇古籍出版社，1993 年，頁 494～495。

〔註 77〕。詩人認爲成功的作品一定具有天分，即「能者一箭中，不能者千百箭不能中」，然天分具足益以後天學力，則臻於最高之境「能之精者，正中其心」；至於「次者中其心之半；再其次者，與鵠相離不遠」乃屬天分、學力之調和比例原則。

其〈續詩品三十二首〉之「博習」亦強調學力之重要性：「萬卷山積，一篇吟成。詩之與書，有情無情。鐘鼓非樂，捨之何鳴！易牙善烹，先羞百牲。不從糟粕，安得精英？曰『不關學』，終非正聲」〔註 78〕。此與劉勰所謂「才爲盟主，學爲輔佐」（《文心雕龍・事類》）的觀點相近。

再說靈感。袁枚所指「靈機」，天分之餘尚兼「興會」，亦即今日吾人所稱之「靈感」。首先，當靈感萌動，詩人書寫激情噴薄，不能自已，呈顯超常的創發力，如陸機〈文賦〉所述：「若夫應感之會，通塞之紀。來不可遏，去不可止。藏若景滅，行猶響起。方天機之駿利，夫何紛而不理。思風發於胸臆，言泉流於脣齒。紛葳蕤以馺遝，唯毫素之所擬。文徽徽以溢目，音泠泠而盈耳」〔註 79〕。而在袁枚的詩論觀裏，對於靈感的闡述可謂全面，如其〈病中謝薛一瓢〉詩云：「口嚼紅霞學輕舉，興來筆落如風雨」〔註 80〕，即反映如有神助的心理狀態，又〈續詩品三十二首〉中「精思」謂「文不加點，興到語耳！」亦指相同情況。及改詩過程時，也昭示「興會」（亦即靈感）之特殊作用：「改詩難於作詩，何也？作詩，興會所致，容易成篇；改詩，則興會已過，大局已定，有一二字于心不安，千力萬

〔註 77〕見《隨園詩話補遺》卷六，《袁枚全集》（第三冊），南京・江蘇古籍出版社，1993 年，頁 703。

〔註 78〕見《小倉山房詩集》卷二十，《袁枚全集》（第一冊），南京・江蘇古籍出版社，1993 年，頁 415。

〔註 79〕參蕭統編、李善注：《文選》（上），台北・五南圖書出版公司，1991 年 10 月，頁 423。

〔註 80〕見《小倉山房詩集》卷七，《袁枚全集》（第一冊），南京・江蘇古籍出版社，1993 年，頁 110。

氣，求易不得，竟有隔一兩個月，于無意中得之者」〔註 81〕。

其次，靈感屬「暴長之物，其亡忽焉」(《續詩品・精思》)，故須及時捕捉，關於此點，袁枚曾借禪喻詩，如雪竇禪師作偈云：「一兔橫身當古路，蒼鷹才見便生擒。後來獵犬無靈性，空向枯椿舊處尋」。袁枚稱此語「頗合詩作之旨」〔註 82〕。在靈感發軔的當下，詩人心中充盈情感和想像，神遊於己身描摹之境域，浮現各式樣貌之形象，然此種靈感猶如電光石火，稍縱即逝，「一兔」二句闡明詩人生發靈感時之及時掌握；「後來」二句則諷喻靈性夭閾，只知仿擬之末等詩人。

復次，對於靈感之「盡日覓不得，有時還自來」(貫休〈覓句〉)現象，袁枚亦有所體悟，他引用白雲禪師之偈論說：「蠅愛尋光紙上鑽，不能透處幾多難。忽然撞着來時路，始覺平生被眼瞞」〔註 83〕。當中「忽然撞着來時路」一語，巧擬詩人靈感湧現之忽發性，然此一忽發性，卻建立於「平生」「尋光紙上鑽」的孜孜不倦的基礎上，故而又有其必然性。這種基礎，一爲平日之勤奮創作；另一則爲「積學以儲寶，酌理以富才」(《文心雕龍・神思》)。當靈感來時，詩人於「吟詠之間，吐納珠玉之聲；眉睫之前，卷舒風雲之色」，盡收「神與物遊」的思理之妙。然而，在靈感產生的過程中，則必然「神居胸臆，而志氣統其關鍵」。亦即，須有豐富的想像貫穿構思始末和充沛的思想情感起支配作用。

(3) 著　我

「著我」意謂獨樹一幟，自成一家。袁枚《隨園詩話》卷七言：「作詩，不可無我，無我則剿襲敷衍之必弊大；韓昌黎所以『惟古于

〔註 81〕見《隨園詩話》卷二，《袁枚全集》(第三冊)，南京・江蘇古籍出版社，1993 年，頁 38。

〔註 82〕見《隨園詩話》卷四，《袁枚全集》(第三冊)，南京・江蘇古籍出版社，1993 年，頁 116。

〔註 83〕見《隨園詩話》卷四，《袁枚全集》(第三冊)，南京・江蘇古籍出版社，1993 年，頁 116。

詞必己出』也。北魏祖瑩云：『文章當自出機杼，成一家風骨，不可寄人籬下。』」〔註84〕；又〈題宋人詩話〉云：「……我讀宋詩話，嘔吐盈中腸。附會韓與杜，瑣屑爲誇張。有如倚權門，凌轢眾老蒼；又如據泰、華，不復游瀟湘。丈夫貴獨立，各以精神強。千古無臧否，于心有主張。肯如轅下駒，低頭傍門墻？」〔註85〕。此外於「詩之六弊」中亦提出：「有人無我，是傀儡也」〔註86〕。吾人均曉，藝術爲審美主體精神之產物，須有眞自我，方具眞情感，進而萌發眞正美之藝術創作。然袁枚所謂「獨立」、「著我」並非全然脫離古人，恰是寄生於古人，如《隨園詩話》卷十曰：「人閒居時，不可一刻無古人；落筆時，不可一刻有古人。平居有古人，而學力方深；落筆無古人，而精神始出」〔註87〕。及〈續詩品三十二首〉中「著我」稱：

> 不學古人，法無一可；竟似古人，何處著我！
> 字字古有，言言古無。吐故吸新，其庶幾乎！
> 孟學孔子，孔學周公。三人文章，頗不相同。〔註88〕

即主張創新變化須透過學習古人，邁步自成一家之境。至於其「學古」之徑，略可析爲三端。

一是**「德無常師，主善爲師」**。此爲袁枚多次引用《尚書》中的兩句話，他認爲「詩」是各人性情之表現，反對拘守一家，如〈答施蘭垞論詩書〉言：

> 夫詩，無所謂唐、宋也。唐、宋者，一代之國號耳，與詩無與也。詩者，各人之性情耳，與唐、宋無與也。若拘拘

〔註84〕見《隨園詩話》卷七，《袁枚全集》（第三冊），南京·江蘇古籍出版社，1993年，頁209。

〔註85〕見《小倉山房詩集》卷二十五，《袁枚全集》（第一冊），南京·江蘇古籍出版社，1993年，頁511。

〔註86〕見《隨園詩話》卷七，《袁枚全集》（第三冊），南京·江蘇古籍出版社，1993年，頁214。

〔註87〕見《隨園詩話》卷十，《袁枚全集》（第三冊），南京·江蘇古籍出版社，1993年，頁339。

〔註88〕見《小倉山房詩集》卷二十，《袁枚全集》（第一冊），南京·江蘇古籍出版社，1993年，頁421。

焉持唐、宋以相敵，是子之胸中有已亡之國號，而無自得
之性情，於詩之本旨已失矣。〔註 89〕

意爲詩之本旨在抒發一己之性情，若界唐分宋，執一格而不遷，勢將妨礙性情之抒發，違離詩之本旨。又〈與梅衷源〉信中指出「詩中之題目甚多，而古人之擅長不一。如廟堂宜沈、宋，風月宜王、孟，登臨宜李、杜，言情宜溫、李，屬辭比事宜元、白，岩栖谷飲宜陶、韋，咏古器物宜昌黎。在古人名成而去，原各不相謀，我輩宜兼收而并畜之，到落筆時，相題行事，方不囿于一偏」〔註 90〕。詩人雖言詩之題目，實則申明詩之天地廣袤無垠，古人無論何者皆非全能，若拘守一家便難以相題行事，變化自如。此外〈再答李少鶴〉所述「自古名家詩，俱可誦讀，獵取精華。譬如黃蜂造蜜，聚百卉以成甘；不可節女守貞，抱一夫而不嫁」〔註 91〕。和〈續詩品・相題〉所云：「專習一家，硜硜小哉！宜善相之，多師爲佳」〔註 92〕。均強調「德無常師，主善爲師」之觀點。

二是**「識以領之，方能中鵠」**。意謂學古之時應具個己之識見，取其長，避其短，爲吾所用，不宜盲目跟從。如〈續詩品三十二首〉中「尚識」一則，即專言此意：

學如弓弩，才如箭鏃。識以領之，方能中鵠。
善學邯鄲，莫失故步；善求仙方，不爲藥誤。
我有神燈，獨照獨知。不取亦取，雖師勿師。〔註 93〕

詩人既見各家之詩均有短長，旋悟學各家之詩亦皆存利弊，乃云：「凡

〔註 89〕見《小倉山房文集》卷十七，《袁枚全集》(第二冊)，南京・江蘇古籍出版社，1993 年，頁 286。

〔註 90〕見《小倉山房尺牘》卷五，《袁枚全集》(第五冊)，南京・江蘇古籍出版社，1993 年，頁 100。

〔註 91〕見《小倉山房尺牘》卷十，《袁枚全集》(第五冊)，南京・江蘇古籍出版社，1993 年，頁 209。

〔註 92〕見《小倉山房詩集》卷二十，《袁枚全集》(第一冊)，南京・江蘇古籍出版社，1993 年，頁 416。

〔註 93〕見《小倉山房詩集》卷二十，《袁枚全集》(第一冊)，南京・江蘇古籍出版社，1993 年，頁 417。

事不能無弊，學詩亦然。學漢、魏《文選》者，其弊常流於假；學李、杜、韓、蘇者，其弊常失於粗；學王、孟、韋、柳者，其弊常流于弱；學元、白、放翁者，其弊常失於淺；學溫、李、冬郎者，其弊常失于纖。人能吸諸家之精華，而吐其糟粕，則諸弊盡捐。……佛云：『學我者死。』無佛之聰明而學佛，自然死矣」〔註 94〕。此處所謂「佛之聰明」，亦即「識」。故〈答蘭垞第二書〉說：「作詩有識，則不徇人，不矜己，不受古欺，不為習囿」〔註 95〕。「不徇人」、「不受古欺」著重詩人須持自我主見，不受旁人、古人之影響；而「不矜己」、「不為習囿」則要求詩人於主見外，具開放胸臆與自我省察之能。前者重主觀，後者重客觀，看似矛盾，實為出於袁枚實際創作之心得。

又如《隨園詩話》卷三云：「作史三長：才、學、識，缺一不可。余謂詩亦如之，而識最為先；非識，則才與學俱誤用矣」〔註 96〕。袁枚所提之「識」，聚焦在詩的優劣得失之見，相類於嚴羽「學詩者以識為主」之說，詩人若具備此「識」，學詩時便知如何取捨，更能擬出今後努力之目標。

三是**「若無新變，不能代雄」**。這是袁枚稱讚南朝齊蕭子顯之用語。《隨園詩話》卷七曾言：

> 高青丘笑古人作詩，今人描詩。描詩者，像生花之類，所謂優孟衣冠，詩中之鄉愿也。譬如學杜而竟如杜，學韓而竟如韓：人何不觀眞杜、眞韓之詩，而肯觀僞韓、僞杜之詩乎？孔子學周公，不如王莽之似也；孟子學孔子，不如王通之似也。唐義山、香山、牧之、昌黎，同學杜者；今其詩集，都是別樹一旗。杜所伏膺者，庾、鮑兩家；而集中亦絕不相似。蕭子顯云：『若無新變，不能代雄。』陸放

〔註 94〕見《隨園詩話》卷四，《袁枚全集》（第三冊），南京‧江蘇古籍出版社，1993 年，頁 99。

〔註 95〕見《小倉山房文集》卷十七，《袁枚全集》（第二冊），南京‧江蘇古籍出版社，1993 年，頁 288。

〔註 96〕見《隨園詩話》卷三，《袁枚全集》（第三冊），南京‧江蘇古籍出版社，1993 年，頁 84。

翁曰：『文章切忌參死句。』黃山谷曰：『文章切忌隨人後。』皆金針度人語。〔註 97〕

這段文字提倡學而不爲，變而求新，別樹一旗，凸顯本色。也是袁枚所以能在乾嘉詩壇卓然而立的原因。而在〈答沈大宗伯論詩書〉裏，袁枚進一步申論，無論變而美或變而醜，變均爲不可避免之客觀趨勢，其云：

唐人學漢、魏變漢、魏，宋學唐變唐。其變也，非有心於變也，乃不得不變也。使不變，則不足以爲唐，不足以爲宋也。子孫之貌，莫不本於祖父；然變而美者有之，變而醜者有之。若必禁其不變，則雖造物有所不能。……風會所趨，聰明所極；有不期其然而然者。故枚嘗謂變堯、舜者，湯、武也；然學堯、舜者，莫善於湯、武，莫不善於燕噲。變唐詩者，宋、元也；然學唐詩者莫善於宋、元，莫不善於明七子。何也？當變而變，其相傳者心也；當變而不變，其拘守者迹也。鸚鵡能言，而不能得其所以言，夫非以迹乎哉？

其中「當變而變，其相傳者心也；當變而不變，其拘守者迹也」四句爲此段論述之核心，袁枚雖未明說「心」爲何指，然據其文意推敲，應屬古人之精神層面。詩人以爲惟有變其「迹」才能掌握古人精神，守其「迹」反而失其「心」。

綜上所述，多師、尙識、新變，爲袁枚潛心而得之「學古」三徑，亦即其「著我」要義。加上性情、靈機，成就袁枚「性靈說」之理論體系。

二、蔣士銓生平與詩歌主張

（一）生平事誼

蔣士銓，字心餘，一字苕生，小名雷鳴〔註 98〕。號藏園，晚署

〔註 97〕見《隨園詩話》卷七，《袁枚全集》（第三冊），南京·江蘇古籍出版社，1993 年，頁 227～228。

〔註 98〕《忠雅堂文集》卷七〈先考府君行狀〉載：「雍正乙巳，吾母鍾孺人

定甫，又號清容居士，或稱離垢居士、無垢居士，晚年自稱藏園老人〔註 99〕。江西省鉛山縣人。據蔣士銓自撰《清容居士行年錄》載心餘先世姓錢，居浙江湖州府長興縣〔註 100〕。其《忠雅堂文集》卷七〈先考府君行狀〉亦云：「先世居長興，代有顯者」〔註 101〕。祖父名承榮，字靜之，生於明代崇禎六年（1633），十七年（1644）甲申國變，竄江西，爲鉛山人，如〈先考府君行狀〉曰：「先王父諱某，字靜之，生懷宗六年，癸酉甫十二齡，天下大亂，甲申竄江西，爲鉛山人」〔註 102〕。《清容居士行年錄》曾記載祖父因戰亂避居鉛山，改姓蔣氏之經過：

> 先祖靜之公，諱承榮，家素封。年九歲，值明季土賊作亂，家人倉卒驚避，匿公巨匱中。時國朝定鼎，遣將平吳越，固山某公至錢氏宅，發匱得公，奇公狀貌，挾之去。過玉山，歷廣信府，達鉛山縣，時蔣公聖寵爲邑長者，與固山訂交，相友善，年踰四十無子，固山遂以靜之公爲其嗣，于是始爲蔣氏子。〔註 103〕

之後，「以聖寵公命，自鉛山移居南昌」〔註 104〕，由於「賦性簡厚，不善治生」〔註 105〕，故而生活貧困。膝下育有三子（蔣基、蔣璽、蔣堅），心餘父親排行第三，名堅，號非磷。生於康熙十七年（1678），

年二十，十月二十有八日，生不孝士銓。先一夕夜將子，天大雨，及寅，雷轟然震者三，而不孝生矣。旦日皎皎出，府君乃名不孝曰雷鳴」。見《忠雅堂集校箋》（四），頁 2270。

〔註 99〕見袁枚撰《小倉山房文集》卷二十八〈蔣心餘藏園詩序〉：「其名園以藏也，取善刀而藏之之意」。

〔註 100〕見北圖社古籍影印編輯室輯《乾嘉名儒年譜》（五），北京・北京圖書館出版社，2006 年 7 月，頁 309。

〔註 101〕見《忠雅堂集校箋》（四），頁 2254。

〔註 102〕見《忠雅堂集校箋》（四），頁 2254。

〔註 103〕見北圖社古籍影印編輯室輯《乾嘉名儒年譜》（五），北京・北京圖書館出版社，2006 年 7 月，頁 309。

〔註 104〕見北圖社古籍影印編輯室輯《乾嘉名儒年譜》（五），北京・北京圖書館出版社，2006 年 7 月，頁 309。

〔註 105〕見《忠雅堂集校箋》（四），頁 2254。

卒於乾隆十三年（1748）。蔣堅「生而穎異」，七歲時，即能從恐懼面容、錯亂行止、新洗草鞋和停聲暗顧等行跡判別殺人嫌犯〔註 106〕。他幕遊一生，喜行俠仗義，〈先考府君行狀〉中曾載其濟弱扶貧之事達三十餘件。益以「爲人剛毅惻怛，嫉惡人同仇讎，凡陰柔詭譎者，必嚴斥之，令有所忌憚不敢犯。若賢人才士，則親愛如骨肉，而煢獨之人，又扶持保護之而不倦」〔註 107〕。這些性格與行爲均深刻影響著蔣士銓。

心餘母親姓鍾氏，名令嘉，字守箴，晚號甘荼老人，生於康熙四十四年（1705），卒於乾隆四十年（1775），有《柴車倦遊集》二卷存世。由於蔣堅長年出遊，一家生計皆靠鍾氏維持。此外，鍾氏亦爲心餘之啓蒙教師。心餘曾撰〈鳴機夜課圖記〉敘述母親教養情狀，眞實生動地呈現鍾氏「母範」形象。心餘與母親長期生活，事母至孝，而母親品德、言行對其一生影響甚鉅。（參附錄〈蔣士銓家族世系簡表〉）

心餘誕生于雍正三年（1725）十月二十八日卯時，卒於乾隆五十年（1785）二月二十四日。自幼穎悟，「甫四歲，母鍾氏斷竹片爲波磔攢簇成字教之，授四子書及唐賢詩，過目輒不忘。稍長，工爲文，嗜吟詠」〔註 108〕。雍正十三年（1735），心餘年十一，隨父母往遊燕、趙、秦、梁、吳、楚間，歷十載，開闊視域。入澤州府，館於鳳臺王氏家中，遍覽其藏書，學益淵博。二十歲，全家束裝南還，旋卜居鄱陽。乾隆十一年（1746），心餘二十二歲，殿撰金德瑛（檜門）督江

〔註 106〕〈先考府君行狀〉云：「府君生而穎異，言家事侃侃如成人。七齡隨叔祖恭伯公遊於進賢門外之法雲堂，入扉，有捕足四五人坐廡下，言『前夕某寺頭陀爲盜殺，寺離此不數武，今求賊處不得，奈何？』時諸僧方諷咒，府君私指謂叔祖曰：『殺人者，座上老僧也。』捕卒駭，叔祖呵曰：『童子勿妄言。』對曰：『吾視其面溫而栗，視其行步徐而趾錯，視其芒履新浴而頳，且停聲陰顧者三，以此知之，非妄也。』捕卒察之以爲然，執箠之，盡得其詞，遂牽去」。見《忠雅堂集校箋》（四），頁 2254～2255。

〔註 107〕見《忠雅堂集校箋》（四），頁 2275。

〔註 108〕《鉛山縣志・蔣士銓傳》，轉自《忠雅堂集校箋》（四），頁 2493。

西學政，至爲賞識其才，特拔補爲弟子員，並評其卷曰：「『喧啾百鳥群，見此孤鳳皇』，將來未可量也」〔註 109〕。

乾隆十二年（1747）二十三歲，舉於鄉。十九年（1754）心餘考授內閣中書。二十二年（1757）三十三歲，得中二甲十二名進士，選爲庶吉士。二十五年（1760）散館，朝考欽取第一，授職編修，任武英殿纂修官。二十七年（1762）充任順天鄉試同考官、《續文獻通考》館纂修官。二十九年（1764）四十歲，乞假養母，辭官南歸。考其辭官之因，要如《清容居士行年錄》所云：「裘師穎薦予入景山爲內伶填詞，或可受上知，予力拒之。八月，遂乞假去」〔註 110〕。另《鉛山縣志》亦載：「當是時，士銓名震京師，名公卿爭以識面爲快。有顯宦某欲羅致之，士銓意不屑，自以方枘入圓鑿，恐不合，且得禍。鍾太安人亦不樂俯仰黃塵中遂奉以南旋，〈繪歸舟安穩圖〉，遍徵題詠焉」〔註 111〕。於此略可觀其耿介沖淡之賦性和父母影響之跡。

心餘辭官後，奉母僑寓金陵，且與袁枚爲鄰，二人時相過從，極詩酒唱酬之樂。乾隆三十一年（1766），應浙江巡撫熊學鵬之邀，主紹興蕺山書院講席，得交越中詩人任應烈、劉文蔚。三十七年（1772），心餘復應兩淮鹽運使鄭大進之聘，主講揚州安定書院，寓芳潤堂。此間結識揚州八怪之羅聘，詩畫往還，交誼甚篤。四十年（1775），母親病逝於揚州，心餘扶櫬登舟返里。四十二年（1777），心餘五十三歲，值乾隆皇南巡，賜彭元瑞詩：「江右兩名士，汝今爲貳卿」。有注云：「其一蔣士銓，與元瑞同年入翰林」。心餘有感皇帝垂注之恩，益以彭元瑞之疊書敦促，遂萌再度出山之想，於四十三年（1778）早春離家，再次進京。四十六年（1781），充國史館纂修官，專修《開國方略》十四卷，記名以御史補用。復以患風痺之疾，

〔註 109〕見北圖社古籍影印編輯室輯《乾嘉名儒年譜》（五），北京・北京圖書館出版社，2006 年 7 月，頁 334。

〔註 110〕見北圖社古籍影印編輯室輯《乾嘉名儒年譜》（五），北京・北京圖書館出版社，2006 年 7 月，頁 320。

〔註 111〕《鉛山縣志・蔣士銓傳》，轉自《忠雅堂集校箋》（四），頁 2493。

於四十八年（1781）春夏間，買舟南歸，養痾南昌藏園。此時心餘右體漸枯，猶以左手作字，舌本牽強，仍復耽讀不倦。袁枚過訪，抱疾作陪，囑爲藏園題序，並書生平以示。乾隆五十年（1785）二月二十四日卒于南昌藏園，終年六十一歲。「是日亦無雲而雷，與生時同，異矣！」〔註 112〕。後人關注心餘生死之刻皆呈異象，亦爲敬重其人之表徵。

綜觀心餘平生「志節凜凜，與人交肝膽披露，趨急闡微如不及」〔註 113〕。作詩強調「忠孝義烈之心，溫柔敦厚之旨」〔註 114〕，詠史詩創作多表彰忠孝節義之典範，上自民族英雄，下至民間貞烈，如〈謝文節祠〉、〈南池杜少陵祠堂〉、〈梅花嶺弔史閣部〉、〈岳鄂王墓〉、〈五人墓〉等。現實生活中之心餘，不僅爲人嶔崎磊落，復時懷濟世利民之忱，於紹興蕺山書院任山長，曾建議紹興太守修建蕭山富家池海堤以抗颶風海浪，眞正融合文學理論與生活實踐于一爐。

（二）詩歌主張

蔣士銓雖無詩論專著傳世，卻曾建構出屬於自己的詩學體系。其詩歌主張、認知與見解，呈現於《忠雅堂文集》、《忠雅堂詩集》和其他相關著作當中。關於蔣士銓的詩學理論研究者儘管不及研究袁枚詩論之數，然異彩紛呈，饒富學術價值〔註 115〕，今參酌諸家內容，勾勒其詩學觀精要。

1、性情為本

袁枚論詩首重性情，而蔣士銓詩文中涉乎「性情」之語亦俯拾即是，如：

〔註 112〕《鉛山縣志・蔣士銓傳》，轉自《忠雅堂集校箋》（四），頁 2494。
〔註 113〕《鉛山縣志・蔣士銓傳》，轉自《忠雅堂集校箋》（四），頁 2494。
〔註 114〕〈鍾叔梧秀才詩序〉，轉自《忠雅堂集校箋》（四），頁 2013。
〔註 115〕如劉小成〈論蔣士銓的詩學理論〉、胡光波〈徘徊于情理之間——論蔣士銓詩學觀〉、簡有儀《蔣士銓及其詩文研究》、李然《乾隆三大家詩學比較》、徐國華《蔣士銓研究》、彭娟《蔣士銓詩歌新論》、馮敏〈蔣士銓詩論小議〉、吳中勝〈蔣士銓的詩學思想〉等。

（1）文章本性情，不在面目同。李杜韓歐蘇，異曲原同工。君子各有眞，流露字句中。〔註 116〕

（2）文字何以壽？身後無虛名。元氣結紙上，留此眞性情。〔註 117〕

（3）性情出本眞，風格除脂韋。〔註 118〕

（4）古今人各有性情，其所以藉見于天下後世者，于詩爲最著。性情之薄者，無以自見，唯務規模格調，摭拾藻繪，以巧文其卑陋庸鄙之眞。〔註 119〕

足見蔣士銓關注「性情」，視「性情」爲詩歌生命之源與價值之本，甚而認定有無眞性情，是詩歌是否傳世之關鍵。時人亦以「獨抒性情」評價心餘，如《忠雅堂集校箋》之〈張道源序〉即曰：

> 每得太史詩筆，余誦之不能釋手，間舉良工辛苦處，謂是空諸依傍，獨抒性情，太史領之，許以知言。〔註 120〕

就詩道性情而論，蔣士銓與袁枚所持之觀點相近，也是學者認爲可以將蔣士銓歸入袁枚、趙翼之性靈派的基本依據。

然同是提倡「性情」，在一定程度上必須予以甄別。首先就袁枚所談之「性情」，其內容極爲廣泛，舉凡父母之愛、夫婦之情、朋友之誼、今昔之感、遲暮之懷乃至生死之別，均爲「情」之體現，而其中袁枚最看重的，無疑是男女之情，在〈答蕺園論詩書〉裏，曾直言不諱稱說：「且夫詩者由情生者也。有必不可解之情，而後有必不可朽之詩。情所最先，莫如男女」〔註 121〕。反觀蔣士銓，在其理解之

〔註 116〕《忠雅堂詩集》卷十三，〈文字〉四首之四。見《忠雅堂集校箋》(二)，頁 986。

〔註 117〕《忠雅堂詩集》卷一，〈擬秋懷詩〉。見《忠雅堂集校箋》(一)，頁 91。

〔註 118〕《忠雅堂詩集》卷十八，〈說詩一首示朱緗〉。見《忠雅堂集校箋》(二)，頁 1245。

〔註 119〕《忠雅堂文集》卷一，〈鍾叔梧秀才詩序〉。見《忠雅堂集校箋》(四)，頁 2013。

〔註 120〕見《忠雅堂集校箋》(四)，頁 2505。

〔註 121〕見《小倉山房（續）文集》卷三十，《袁枚全集》(第二冊)，南京·江蘇古籍出版社，1993 年，頁 527。

「性情」中，強調「性情之正」，挹注更多「忠孝義烈之心」、「溫柔敦厚之旨」〔註 122〕。由於蔣士銓「生平無遺行，志節凜凜，以古丈夫自勵」〔註 123〕，故其詩文創作，呈現不少歌詠忠孝義烈事跡之章，凸顯「感發乎忠孝，激昂乎古今」〔註 124〕之思。他常以詩論史，或讀史興懷，或詠古寄慨，時而傳達景仰之情，時而予以鞭撻諷喻，縱橫捭闔，談論風生。以最負盛名之〈響屧廊〉二首之二爲例，足見他在詠史詩方面之高度成就。詩云：「不重雄封重豔情，遺蹤猶自慕傾城。憐伊幾兩平生屐，踏碎山河是此聲」〔註 125〕。含蓄委婉，發人深省。除詠史詩之外，諸多關心民生疾苦、批判現實作品，俱眞情實感，甚而熱衷頌揚烈婦孝子，凡此，均「合乎風騷之旨」〔註 126〕。

其次，與袁枚所謂「性靈」爲人之天性不同，蔣士銓更重視後天所培養之「性情」，如〈題秦樹峰尚書味經圖舊照〉云：「早歲當憂患，因之世味輕。人倫關至性，問學契高情」〔註 127〕。詩人將社會人倫與人之性情聯繫，呈示其所謂「性情」並非人先天所具，乃是後天形成。

袁枚所主張之「性靈」從自然本性出發，人之性情不受道德理性規範，亦即全部人性之敞露，其中涵括善惡、美醜與各種欲望。至於蔣士銓所重視之「性情」，爲後天形成之「忠孝義烈之心」，屬於眞與善的統一，是經過道德理性提昇之性情，合於儒家詩學對性情之追尋。一般而言，趨向儒家詩學者均推崇杜甫之爲人與詩作，杜甫一生憂國憂民，忠於朝廷，其詩亦多呈現此一思維，蔣士銓於《杜詩詳注集成序》裏高度評價杜詩云：「杜詩，詩中之《四子書》也。事不出倫紀之間，道不出治平之內，而趣溢于《風》、《騷》，體兼乎雅、頌，詩人性情之厚，議論之醇，無有果于少陵者」〔註 128〕。此外，在〈南

〔註 122〕見〈鍾叔梧秀才詩序〉，《忠雅堂集校箋》（四），頁 2013。
〔註 123〕見阮元〈蔣心餘先生傳〉，《忠雅堂集校箋》（四），頁 2492。
〔註 124〕見〈胡秀才簡麓詩序〉，《忠雅堂集校箋》（四），頁 2014。
〔註 125〕見《忠雅堂集校箋》（三），頁 1422。
〔註 126〕見〈邊隨園遺集序〉，《忠雅堂集校箋》（四），頁 2002。
〔註 127〕見《忠雅堂集校箋》（二），頁 758。
〔註 128〕見《忠雅堂文集》卷二，《忠雅堂集校箋》（四），頁 2032。

池杜少陵祠堂〉中詠歎杜甫：「一飯何曾忘父君，可憐儒士作忠臣」〔註 129〕。心餘對杜甫的欽慕與崇仰體現其儒家詩學之傾向。

2、兼學眾長

明清詩壇，或宗唐，或崇宋，各有所主，各呈所好。在學習前賢上，心餘主張兼學眾長，而不獨專于一家一派，也不獨專于非唐則宋。〈辯詩〉一首即彰顯此種觀點，詩云：

唐宋皆偉人，各成一代詩。變出不得已，運會實迫之。
格調苟沿襲，焉用雷同詞？宋人生唐後，開闢眞難爲。
一代只數人，餘子故多疵。敦厚旨則同，忠孝無改移。
元明不能變，非僅氣力衰。能事有止境，極詣難角奇。
奈何愚賤子，唐宋分藩籬。哆口崇唐音，羊質冒虎皮。
習爲廓落語，死氣蒸伏屍。撐架陳氣象，桎梏立威儀。
可憐餒敗物，欲代郊廟犧。使爲蘇黃僕，終日當鞭笞。
七子推王李，不免貽笑嗤。況設土木形，浪擬神仙姿。
李杜若生晚，亦自易矩規。寄言善學者，唐宋皆吾師。

〔註 130〕

心餘跳脫唐、宋之爭，就文學發展之歷史脈絡重新審視唐、宋詩歌，從而領略二者均屬各自時代之佳構，宋人學唐而變，然變中有不變者，爲詩歌反映人之普遍性情——「忠孝」、「敦厚」。文中也批判界唐分宋之士，未能眞正透視唐、宋詩歌精神內核，僅就表面，妄下論斷。尤其是格調論者「哆口崇唐」，虎皮羊質，殊爲可笑。詩人最終提出善學者應對唐、宋詩兼容並蓄，融會貫通，自成一家。在〈沈生擬古樂府序〉裏，也鮮明呈現此一詩學主張：

苟執唐、宋之說，強爲低昂，互相詆誚，是皆不能自立之士所恃以張皇欺世者，虛車無物，勢盡名滅，殊可憫惻。

〔註 131〕

〔註 129〕《忠雅堂詩集》卷二，《忠雅堂集校箋》（一），頁 194。
〔註 130〕《忠雅堂詩集》卷十三，《忠雅堂集校箋》（二），頁 986。
〔註 131〕《忠雅堂文集》卷一，《忠雅堂集校箋》（四），頁 2018。

心餘之所以不專於唐或宋，與其「性情爲本」的詩學理念相關，只要是抒發眞性情的作品，不論唐、宋，均值得學習。

3、求新求變，獨出機杼

對前代詩歌傳統之繼承上，心餘提出：「寄言善學者，唐宋皆吾師」（〈辯詩〉）之概念。破除唐、宋詩門戶之見，開解前賢「詩必盛唐」及必學宋詩用典議論之束縛。認爲宗唐學宋均陷入偏執之境，惟博覽方能開闊眼界，不致拾人牙慧，略同於杜甫〈戲爲六絕句〉中所云「轉益多師是汝師」之意。

而在「轉益多師」的基礎上，心餘尚強調獨出己見，一空倚傍，創寫「我之詩」。如〈學詩記〉中載：

> 予十五齡學詩，讀李義山愛之，積之成四百首而病矣，十九付之一炬；改讀少陵、昌黎，四十始兼取蘇、黃而學之；五十棄去，惟直抒所見，不依傍古人，而爲我之詩矣。〔註132〕

此地「我之詩」概指獨具風貌之作，欲臻「我之詩」的境界須抒發眞情，不落俗套，所謂「掃除窠臼，結構性眞，頓挫淋漓，直達所見」〔註133〕是也。心餘亦反對摹擬、剽竊，主張「辭必己出，意必自陳，文章所著，流品傳焉」〔註134〕，他曾對明朝前後七子因襲古人乃至字句仿擬之弊提出批判，如評李夢陽「峨峨空同山，俯視意不屑。如何干將鋒，竟爲補履缺？對山能救我，終愧凌霄節」〔註135〕。心餘以爲李詩雖賦「干將鋒」，然未自張一軍，僅滿足於「補履缺」，呈顯其意在復古補漏而無開山拓土創新之功。又論何景明「信陽俊逸人，巾帶含風流。口吸金掌露，清氣乾坤留。老子

〔註132〕《忠雅堂文集》卷二，《忠雅堂集校箋》（四），頁2060。

〔註133〕〈金檜門先生遺詩後序〉，《忠雅堂文集》卷一，《忠雅堂集校箋》（四），頁2001。

〔註134〕〈沈生擬古樂府序〉，《忠雅堂文集》卷一，《忠雅堂集校箋》（四），頁2018。

〔註135〕《忠雅堂詩集》卷二六，《忠雅堂集校箋》（三），頁1734。

侶韓非，畢竟非同儔」〔註 136〕。景明屬「俊逸」、「風流」之士，清氣滿乾坤，但欲躋身聖賢行伍，終究略感不足。至於後七子班首李攀龍，心餘亦直指其模擬前人達到以假亂眞之境，然非眞音，終落下品：「優孟盛衣冠，自發蛟龍吟。吹笳白雪樓，不是黃鍾音。蓋棺論乃定，暴雨非商霖」〔註 137〕。

詩論若全為批判，自然易流於偏頗，蔣士銓在批評之外，也曾對清代士人於藝術之獨創精神上予以肯定，如〈石蘭詩傳〉稱其詩曰「清雅激宕，歌泣相仍，無摹仿蹈襲雕繪纖巧之弊，類皆寓目疾書，性情直達」〔註 138〕。〈阮見亭詩序〉揚其藝云「入幕登樓，遊跡最廣，〈北征〉一集，尤悲涼慷慨，得燕、趙遺音。其他情語、苦語、跌宕不羈語，皆自寫性靈，非循牆和響之比」〔註 139〕。〈胡秀才簡麓詩序〉頌其卷「或奇逸縱恣，或幽峭深遠，如風發泉湧，水流花開，蓋能變化古人詩法，而獨抒其性眞之所至」〔註 140〕。又〈尹文端公詩集後序〉論其韻「專主性靈，蘭荃滿懷，冰雪在口，倚儷淡瀹，切迭稽詣，不襲古人一字，而世俗詩人肺腑中物，更無銖髮犯其筆端」〔註 141〕。凡此獨出機杼，求新求變之章，即是心餘所賞、所學、所倡者。

綜合上述，蔣士銓之詩學觀乃以性情為本，重視儒家詩學傳統；破除門戶之見，主張兼學眾長；復自創新、變異衡詩，反對因襲、剽竊、模仿，擺脫前朝擬古束縛，從而呈現自家風度。

三、趙翼生平與詩歌主張

（一）生平事誼

趙翼（1727～1814），字雲崧，一作耘松（或作雲松、耘菘），號

〔註 136〕《忠雅堂詩集》卷二六，《忠雅堂集校箋》（三），頁 1734。
〔註 137〕《忠雅堂詩集》卷二六，《忠雅堂集校箋》（三），頁 1734。
〔註 138〕《忠雅堂文集》卷五，《忠雅堂集校箋》（四），頁 2167。
〔註 139〕《忠雅堂文集》卷一，《忠雅堂集校箋》（四），頁 2016。
〔註 140〕《忠雅堂文集》卷一，《忠雅堂集校箋》（四），頁 2014。
〔註 141〕《忠雅堂文集》卷一，《忠雅堂集校箋》（四），頁 2024～2025。

甌北。清雍正五年丁未（1727）十月二十二日寅時生於常州府陽湖縣（今江蘇省武進縣）。

據嘉慶間（1791～1820）湛貽堂刻《趙甌北全集》中附《甌北先生年譜》（以下簡稱《年譜》）載趙翼先世云：

> 始祖體坤公（名孟堙，本宋室後，元末爲高郵州錄事，始居常州），五傳至竹崖公（名敔，明景泰甲戌進士，官御史，出按江，陞江西按察使、山西按察使。凡公所蒞處，不設巡撫，湯潛庵《明史傳稿》中有傳），十二傳爲曾祖禹九公（諱州），祖駢五公（諱福臻，又名斗熢，自城中遷居西干里後，以先生貴貤贈儒林郎），父子容公（諱惟寬，誥贈中憲大夫貴州分巡，貴西兵備道），母丁氏（誥封太恭人）。〔註 142〕

略同於孫星衍所撰之〈趙甌北府君墓誌銘〉。又孫琬、王德茂等修《武進陽湖合志》卷二十七及湯成烈撰《光緒武進陽湖縣志》卷二十三曾提及甌北曾祖州、祖父福臻（斗熢）皆以行誼著名，其父惟寬更以赴陽山頂求鷹團療父之疾，而語在孝友〔註 143〕，乃知趙氏祖先已立「孝悌」傳家之美德。（參附錄〈趙翼家族世系簡表〉）

甌北自三歲即與讀書爲伍，據《年譜》云，先生三歲時，父惟寬客授於外，叔父（子重公）教之識字，每日能記二十餘。六歲，父客授於西黃埼張氏，攜先生就塾，是歲，讀《名物蒙求》、《性理字訓》及《孝經》、《易經》。七歲，隨父就塾於華渡橋管氏，以下四年皆隨父於華渡橋、蔣莊橋等處讀書。

〔註 142〕佚名編《甌北先生年譜》，存萃學社編集：《中國近三百年學術史參考資料五編》，香港・崇文書店，1974 年 1 月，頁 1。

〔註 143〕《武進陽湖合志》卷二十七云：「趙惟寬，字子容，祖州，父斗熢，皆以行誼著名。惟寬性謹愨，篤於孝友。父病噎，醫者謂須鷹團可療，惟寬行求至陽山頂，遇大雷雨，伏匿石穴中，夢有人導之行，覩所謂鷹團者，已而雨霽，跡之，果得以歸，人以爲孝感所致。」（中央研究院藏本，光緒十二年排印本，頁 31）。《光緒武進陽湖縣志》卷二十三云：「趙翼，字耘松，號甌北，父惟寬，語在孝友。」（中央研究院藏本，光緒丙午重印本，頁 40。）

年十二，隨父徙塘門橋談氏讀書，父命作時文，一日成七藝，父甚喜，又常爲同學捉刀代筆。年十四，隨父移館於東千埼杭氏，始課舉業，落筆往往出人意表。十五歲（乾隆六年，1741），父親趙惟寛逝世（是年七月十二），家貧甚，僅餘老屋七間，田一畝八分。上有三姊，其一未嫁，弟汝明、汝霖、亭玉俱幼，家食無資，杭氏諸父老以甌北學優，遂請接其父講席。甌北素不喜作時文，父歿後無人督課，遂泛濫於漢魏唐宋詩、古文詞家。父執杭應龍先生，憫甌北爲貧所困，舉業將廢，乃延甌北至其家，課其幼子杭念屺，並令長子杭金鑑、次子杭士良，偕甌北課時文〔註 144〕。

乾隆十年（1745），甌北年十九，應童子試，取常州府學補弟子員而入泮（秀才）。翌年，館於城中史翼宸明經家。乾隆十二年（1747）秋，舉鄉試不第，同年冬與劉鶴鳴之女完婚。越明年，甌北失館，「生生所資，未見其術」，襆被入都。初至京師，舉目無親，遂依岳父劉鶴鳴（午巖）。實則劉氏亦爲名場失意之老儒，當時客於宮保尹所。已而，爲國史館總憲劉統勳延於家纂修宮史，與其子石菴共學、共飲、共樂，交往深篤。

乾隆十五年庚午（1750），甌北二十四歲，應鄉試，中舉第二十一名〔註 145〕，主試官汪由敦異其才，知所修宮史以告成，即延之於家代筆札凡應。是年冬，甌北又考取禮部義學教習。

翌年，會試報罷，汪氏命兩子從之受業，秋又補義學教習，仍客授於汪氏第。乾隆十七年壬申（1751），恩科會試仍被落，十九年春，會試取明通榜，並考選內閣中書，罷教習，南歸省親。翌年入京補官。

乾隆二十一年（1756），甌北三十歲，是年夏選入軍機處行走，凡漢字諭旨、議奏、軍需，悉由甌北具草，頃刻千百言。隔年，會試

〔註 144〕見《甌北先生年譜》，頁 2～5。

〔註 145〕甌北業古學已久，詔誥獨冠場，文端公（汪由敦）知爲才士，欲以爲解首，因頭場文跅跎乃改置二十一名，見《甌北先生年譜》，頁 10。

落第，仍値軍機處，秋又扈從塞外。

乾隆二十三年（1758），汪由敦辭世，移新居，寓椿樹衚衕，迎母丁氏與妻劉氏入京。大學士傅文忠公（恆）欲擢爲部曹，然甌北至志在詞垣，乃力辭之。値同事所忌，造蜚語中傷，遂出軍機，仍直內閣。二十四年，繼娶大學士程景伊甥女高氏。翌年會試報罷，復直軍機。

乾隆二十六年（1761），恩科會試中式，名列第一。乾隆皇以江浙多狀元爲由，將第三名陝西人王杰擢爲第一，定甌北爲一甲第三。入爲翰林編修，尋充方略館纂修官，修《平定準噶爾方略》。

乾隆三十一年（1766），乾隆皇于養心殿召見，特授甌北爲廣西鎮安知府。三十三年，緣農付奉案與兩廣總督李侍堯反復辯論，觸其怒，幾被劾。値中、緬戰事，甌北奉調赴滇襄贊軍務，始得免。三十五年三月，奉調廣州知府。三十六年四月，奉旨陞貴州分巡貴西兵備道。

乾隆三十七年（1772）十月，以廣州讞獄舊案受彈劾，部議降一級調用。甌北以養親爲名，辭官歸里。自乾隆三十八年至四十五年（1773～1780），甌北皆於陽湖家中隱居著書。四十二年，母病逝，四十五年服喪期滿，曾於五月赴京補官，行至臺莊，忽患風痺，兩臂不得舉，乃息意榮進，專以著述自娛。

自乾隆四十六年（1781）起，除乾隆五十二年（1787）應邀入李侍堯幕參與鎭壓林爽文起義之外，曾數次講席揚州安定書院，直至乾隆五十七年（1792）六十六歲後方不再應聘。此後二十二年間隱居常州，或寄情山水，或著書立說。

嘉慶十九年（1814），甌北患脾泄之疾，食飲漸衰，四月十七日晨起沐浴更衣，端坐於床，以酉刻卒，享壽八十八。有子四、孫十、曾孫四人。（參附錄〈趙翼家族世系簡表〉）

（二）詩歌主張

趙翼與袁枚於詩歌創作理念上聲氣相投，論詩主張亦較爲相近，然其以史學家立場觀照文學，與袁枚論詩主旨又不盡相同。他對傳統之抨擊不似袁枚般激烈，於時弊之評判亦相對公允，其詩歌主張在於抒發性情、才學相濟，力舉創新與詩法自然。

1、抒發性情，才學相濟

趙翼論詩主張抒發性情，曾云：「詩本性情，當以性情爲主」〔註 146〕。其詩作亦申明「本從性情出，仍來養心脾」（《甌北集》卷二十二〈編詩〉）、「力欲爭上游，性靈乃其要」（《甌北集》卷二十四〈書懷〉）、「衹應觸景生情處，或有空中天籟音」（《甌北集》卷五十一〈論詩〉）等概念。他在《甌北詩話》卷四論白居易之〈長恨歌〉云：

> 其事本易傳，以易傳之事，爲絕妙之詞，有聲有情，可歌可泣，文人學士既歎爲不可及，婦人女子亦喜聞而樂誦之。是以不脛而走，傳遍天下。〔註 147〕

強調情至之語，最易感人，樂天之詩不事雕飾，以情動人，故能傳誦不輟。同卷中亦將韓（愈）、孟（郊）詩與元（稹）、白（居易）詩相互比觀，從而評價元、白之詩較勝於韓、孟，在元、白詩多「觸景生情，因事起意，眼前景、口頭語，自能沁人心脾，耐人咀嚼」〔註 148〕。至若韓、孟則尚奇警，「猶第在詞句間爭難鬭險，使人蕩心駭目，不敢逼視，而意味或少焉」〔註 149〕。又如《甌北詩話》卷八評金末元遺山言其「才不甚大，書卷亦不甚多」，「修飾詞句，本非所長」，而能「專以用意爲主。意之所在，上者可以驚心動魄，次亦沁人心脾」〔註 150〕。甌北所稱「用意」，即指遺山能撫時感事，直抒性情之意。

〔註 146〕趙翼撰、霍松林點校：《甌北詩話》，台北・木鐸出版社，1982 年 4 月，頁 36。

〔註 147〕趙翼撰、霍松林點校：《甌北詩話》，台北・木鐸出版社，1982 年 4 月，頁 37。

〔註 148〕趙翼撰、霍松林點校：《甌北詩話》，台北・木鐸出版社，1982 年 4 月，頁 36。

〔註 149〕趙翼撰、霍松林點校：《甌北詩話》，台北・木鐸出版社，1982 年 4 月，頁 36。

〔註 150〕趙翼撰、霍松林點校：《甌北詩話》，台北・木鐸出版社，1982 年 4

他在標舉性情的同時，更推崇詩人之「才氣」。所謂「詩之工拙，全在才氣、心思、工夫上見」〔註 151〕。故時以「才氣」評價詩之工拙，其所說之「氣」，特指「豪健之氣」，一種眞善、剛正之人格力量。此「氣」須養，故趙翼極爲重視詩人之生活環境與生活閱歷，這與他曾有過戎馬生涯相關。如元遺山才不甚大，書卷亦不甚多，較之蘇（軾）、陸（游）自有大小之別，然其廉悍沉摯處，較勝於蘇、陸。蓋因「生長雲、朔，其天稟本多豪健英傑之氣；又值金源亡國，以宗社邱墟之感，發爲慷慨悲歌」。其〈題元遺山集〉云：

身閱興亡浩劫空，兩朝文獻一衰翁。

無官未害餐周粟，有史深愁失楚弓。

行殿幽蘭悲夜火，故都喬木泣秋風。

國家不幸詩家幸，賦到滄桑句便工。（《甌北集》卷三十三）

其中「國家不幸詩家幸，賦到滄桑句便工」，即爲時代環境，生活際遇對作家影響之最佳詮解。

趙翼重視性情、才氣，然不偏廢後天學養，曾謂「詩寫性情，原不專恃數典；然古事已成典故，則一典已自有一意，作詩者借彼之意，寫我之情，自然倍覺深厚，此後代詩人不得不用書卷也」〔註 152〕。〈書懷〉亦云「乃知人巧處，亦天工所到」。尙有「少時學語苦難圓，只道工夫半未全。到老始知非力取，三分人事七分天」〔註 153〕之說。凡此，均力主才學相濟，以才運學，從而臻於詩之極詣。

2、力舉創新

趙翼詩學觀最顯著的特徵是強烈的創新精神，其曰：「詩文隨世運，無日不趨新」（《甌北集》卷四十六）。又如〈論詩〉絕句云：

月，頁 118。

〔註 151〕趙翼撰、霍松林點校：《甌北詩話》，台北・木鐸出版社，1982 年 4 月，頁 147。

〔註 152〕趙翼撰、霍松林點校：《甌北詩話》卷十，台北・木鐸出版社，1982 年 4 月，頁 160。

〔註 153〕〈閑居無事取子才心餘述庵晴沙白華玉函璞函諸君詩手自評閱輒成八首〉之七，見《甌北集》卷二十五。

滿眼生機轉化鈞，天工人巧日爭新。
預支五百年新意，到了千年又覺陳。(其一)

李杜詩篇萬口傳，至今已覺不新鮮。
江山代有才人出，各領風騷數百年。(其二)(《甌北集卷二十八》)

詞客爭新角短長，迭開風氣遞登場。
自身已有初中晚，安得千秋尚漢唐？(《甌北集》卷五十三)

詩人以爲無論大自然變化（天工）或人類活動（人巧），均處於生生不已之運化過程，即使唱出時代先聲之詩，迨時過境遷也會令人覺得陳舊。基於此種認知，強如李白、杜甫詩篇，曾是劃時代之作，膾炙萬人之口，然經過長期廣泛流傳，亦不免失去新鮮之感。就詩歌歷史發展觀之，每個時期均產生傑出作家，而每位傑出作家無不朝向開闢詩歌新境與風氣前進，此一律動，永不停歇。自後人尊爲不可逾越典範之唐詩而言，其本身已有初、中、晚期之遞變，中期不同於初期，晚期亦不同於中期，千百年後，如何將漢、唐之詩奉爲圭臬，競相摹擬？三首詩顯示甌北鮮明的文學歷史發展觀點，同時表現一種超邁前人、勇於進取的精神，對於當時仿古文風，注入一股清流。

趙翼所注重的創新，不僅爲各個時代之詩應具新風貌，每位作家之作品亦賦予自我性情、面目。在其詩論篇章曾反覆申明此點，如：「必創前古所未有，而後可以傳世」(《甌北詩話》卷四)，「不創前未有，焉傳後無窮」(《甌北集》卷三十九〈讀杜詩〉)，「只愁後世無新意，不敢多搜錦綉腸」(《甌北集》卷四十九)。而〈書懷〉三首之三更呈現他對作家、作品個性化與獨創性之強烈期望，其曰：

共此面一尺，竟無一相肖。人心亦如面，意匠戛獨造。
同閱一卷書，各自領其奧。同作一題文，各自擅其妙。
問此胡爲然，各有天在竅。乃知人巧處，亦天工所到。
所以才智人，不肯自棄暴。力欲爭上游，性靈乃其要。

〔註154〕

〔註154〕見《甌北集》卷二十四。

由於詩人各賦「性靈」，各具天竅，因此即使是同一詩題，亦「各自擅其妙」，各自極其勝，不作雷同之筆。

趙翼的《甌北詩話》凡十二卷，選評李白、韓愈、白居易、蘇軾各一卷，陸游二卷，元好問、高啓共一卷，吳偉業、查愼行各一卷，依次將唐、宋、元、明、清各時期代表作者進行論述，曾謂「詩有眞本領，未可以榮古虐今之見，輕為訾議也」（《甌北詩話》卷十）。體現「江山代有才人出」之詩學進化觀。

並於詩話中，就形式與內容方面探究詩人們發人所未發之創體、新詞，如評李白，稱許其對建安以降綺麗詩風之反動，「不屑屑於雕章琢句，亦不勞勞於鏤心刻骨」，其眼光所注，「前無古人，後無來者，直欲於千載後上接〈風〉、〈雅〉（《甌北詩話》卷一）。評杜甫，著眼其前人所無之獨創句法，如〈何將軍園〉之「綠垂風折笋，紅綻雨肥梅」，〈秋興〉之「香稻啄餘鸚鵡粒，碧梧棲老鳳凰枝」（《甌北詩話》卷二）等倒裝修辭，不僅合於聲律，亦凸顯生動意象。評韓詩，言李、杜在前，縱極力變化，終不能再闢一徑。故就少陵奇險處予以推擴，而有各種創體、創格、創句（《甌北詩話》卷三）。

復評蘇詩，大氣旋轉，雖不屑屑於句法、字法中別求新奇，而筆力所到，自成創格。如〈百步洪〉詩，「有如兔走鷹隼落，駿馬下注千丈坡，斷絃離柱箭脫手，飛電過隙珠翻荷」形容水流迅，連用七喻，實古所未有。又〈與趙景貺陳履常同過歐陽叔弼小齋〉云：「夢回聞剝啄，誰乎趙陳予」句法之奇，自古未有（《甌北詩話》卷五）。此外韓、孟之長篇聯句，元、白之長篇次韻，蘇軾之雙聲疊韻詩，黃庭堅之二十八宿詩，乃至專用字之偏旁綴合成句，以古人姓名藏句中、藥名體等雜體詩，趙翼均予以形式技巧之肯定。

趙翼雖肯定詩人作品之形式技巧，但僅就獨創層面，非專主逞奇爭勝，相對於形式技巧，他更在乎精思結撰卻無斧鑿痕跡之眞鍊工夫。如韓愈〈南山〉、〈征蜀〉、〈陸渾山火〉諸作中的部分詞句，趙翼視為「徒聱牙轖舌，而實無意義」（《甌北詩話》卷三）；而江西詩派宗主黃庭堅，則「專以拗峭避俗，不肯作一尋常語，而無從容遊泳之趣」，「專以選材庀料爲主，寧不工而不肯不典，寧不切而不肯不奧，故往往意爲詞累，而性情反爲所掩」（《甌北詩話》卷十一）。從這些例證可以看出，趙翼忌諱人云亦云，抱柱守株，然不以刻意創新而於字句間鬥險爭奇，乃追尋言簡意深，眞鍊之自然化境，故其〈論詩〉所謂「預支五百年新意」，應是詩歌內容之創新，舉凡發抒情性、鎔鑄舊典，均以「立意」爲依歸，如是之作，則上可令人驚心動魄，次亦沁人心脾！

3、詩法自然

甌北認爲，詩歌創作，全意獨闢蹊徑，原是歷代詩家之共同追求。然於求新的過程中，應力避矯揉造作，爲新而新，故須做到自然。意即「創新」者，必須一方面是「人人意中所有，卻未有人道過；一經說出，便人人如其意之所欲出」〔註 155〕。

另一方面，雖極人工之巧，卻又呈顯渾然天成，不假雕琢。在長年創作實踐裏，甌北苦思冥想，終於有所感悟，其曰：

枉爲耽佳句，勞心費剪裁。生平得意處，卻自自然來。

（〈佳句〉，《甌北集》卷四十六）

稱詩何必苦爭新，無意爲詩境乃眞。

（〈稱詩〉，《甌北集》卷五十二）

儒門風味從來淡，老境詩篇不鬥新。

（〈遣興二首〉之二，《甌北集》卷五十三）

詩家欲變故爲新，只爲詞華最忌陳。
杜牧好翻前代案，豈如自出句驚人。

（〈杜牧詩〉，《甌北集》卷五十三）

脫口自因詩境熟，入懷豈拾唾餘成。（〈枕上忽得「花無桃李非春色人有笙歌是太平」一聯洵屬佳句不知是前人成語抑係偶然黨來爰足成之〉，《甌北集》卷五十三）

〔註 155〕趙翼撰、霍松林點校：《甌北詩話》，台北・木鐸出版社，1982 年 4 月，頁 171。

細品徵引諸詩，趙翼詩風演變之跡隱然可見。在漫長的創作實踐裏（《甌北集》五十三卷收錄乾隆十一年（1746，趙翼 20 歲）至嘉慶十八年（1813，趙翼 87 歲）詩作，凡 68 載），詩人深體刻意求新，未必能超邁古人，反有依傍古人之嫌，故云「豈如自出句驚人」？且「變故爲新」的契機，不在於有意追尋，而在於自然流露，即「無意爲詩境乃眞」。如《甌北詩話》卷四言白居易自歸洛以後之作，「稱心而出，隨筆抒寫，並無求工好之意，而風趣橫生」〔註 156〕。又卷五謂東坡詩，「其妙處在乎心地空明，自然流出，一似全不著力，而自然沁人心脾。此其獨絕也」，「即使事處，亦隨其意之所欲出，而無牽合之迹」〔註 157〕，已臻「無意爲詩」之妙境，倘涉雕飾，則失原本面目矣。

同時，趙翼尚意識及「詩家徑路都開盡，只有求工始動人」（〈詩家〉，《甌北集》卷四十六）近乎杜甫「晚歲漸於詩律細」（〈遣悶戲呈路十九曹長〉）之況味。如趙翼後期詩作〈山行〉:「路尋樵徑躡槎枒，山色蒼深夕照斜。一樹紅楓全是葉，翻疑無葉滿身花」（《甌北集》卷三十六）。〈題桃花澗〉:「步步山陰道上行，每逢佳處輒留停。難忘最是桃花澗，萬樹陰中一草亭」。寫景狀物，自然流轉，情韻俱出。

統綰上述，通曉政治氛圍、社會環境、學術思想與詩歌主張對於乾隆三大家詠史詩之寫作，無論是直接的，或間接的，都達到一定程度之影響，而這也和岳希仁在《古代詠史詩精選點評》前言中所提出的:「清代中葉，出現了一批著力寫詠史的詩人，如嚴遂成、袁枚、趙翼、舒位等。這大概與其時文網密布、文人向學、考據盛行、史學大興等政治氛圍、學術空氣有關」〔註 158〕相類。

〔註 156〕趙翼撰、霍松林點校:《甌北詩話》，台北・木鐸出版社，1982 年 4 月，頁 36。

〔註 157〕趙翼撰、霍松林點校:《甌北詩話》，台北・木鐸出版社，1982 年 4 月，頁 57、58。

〔註 158〕岳希仁著:《古代詠史詩精選點評》，桂林・廣西師範大學，1996 年 10 月，頁 6。

第四章　乾隆三大家詠史詩思想內涵

黑格爾《美學》一書中談到詩歌創作主體（即詩人）時曾說：「詩人必須從內心和外表兩方面去認識人類生活，把廣闊的世界及紛紜萬象吸收到他的自我裏去，對它們起同情共鳴，深入體驗，使它們深刻化和明朗化。」〔註 1〕這是強調詩人選擇創作題材時所須具備的理念與態度，也是詩歌作品之所以令人印象深刻的關鍵。一旦詩人選擇「歷史」作爲詩歌題材內容時，對於歷史人物與歷史事件必有一定的熟稔程度，如此在刻畫人物美醜、論斷古今得失時，方不致誤導讀者。如袁枚《隨園詩話》卷一云：「余每作詠古、詠物詩，必將此題之書籍，無所不搜」〔註 2〕。另一方面，他們還要將全副心意投注在史與詩的緊密結合上，因爲詩中有史，因史成詩乃詠史詩之基本特徵。而作爲「文學式的史學研究」〔註 3〕，詠史詩不同一般觀念裏的文學作品，也不是完全意義上的史學著述。從文學層面觀之，它比抒情詩、敘事詩所蘊含的歷史材料更集中、更概括；以史學角度而言，它比一般的史學專著更富有感情色彩和生動形

〔註 1〕黑格爾著、朱孟實譯：《美學》（第 4 冊），台北・里仁書局，1983 年 3 月，頁 45。

〔註 2〕王英志主編：《袁枚全集》（第三冊），南京・江蘇古籍出版社，1997 年 7 月，頁 19。

〔註 3〕武尚清〈說詠史詩〉，北京《史學史研究》，1990 年，第 1 期，頁 89。

象，它是文學和史學兼而有之的藝術創作。

至於詩人在建構詠史詩時一般選用一個或幾個富有審美意義的歷史人物或事件作爲吟詠對象，經由對這些人物事件的追憶與尋繹，表達個己對歷史的理解和認識，以抒發某種志向和情感。基於這樣的認知，本章擬從題材分析和情志內蘊兩方面加以探索乾隆三大家詠史詩之思想內涵。

第一節　乾隆三大家詠史詩題材分析

乾隆三大家詠史詩在題材上的選取相當廣泛，除了繼承前人描寫的熟悉題材之外，並配合本身所處環境和選擇觀點，在題材的廣度與深度上全力發揮。作品中所涉及的歷史人事，從上古至商、西周至戰國、秦、漢、三國、晉、南北朝、隋、唐、五代、宋、元、明等朝代，皆曾觸及（參附錄七〈乾隆三大家詠史詩所詠朝代統計〉）。爲清楚其取材趨向，以下分爲歷史人物和歷史事件兩個層面來分析。

一、歷史人物

人在歷史中佔有重要地位，通過人物的描寫，可以呈現與他相關的事件脈絡，因此在詠史詩中以人物爲對象的題材，一直佔多數。袁、蔣、趙三家詠史詩所涉及的歷史人物類型相當豐富，就其身分言之，約可歸納爲以下幾類。

（二）歷代君王

在三家詩人詠史作品中的歷代君王爲數不少，多是詩人經過其陵墓或生長之地或讀其紀而詠，當中有緬懷，也有嘲諷，緬懷者有：

1. 大禹：如袁枚〈禹陵二十四韻〉、蔣士銓〈禹陵〉二首、蔣士銓〈禹廟〉，懷其統治時代。
2. 光武帝劉秀：如袁枚〈光武原陵〉，懷其中興之功。
3. 蜀先主劉備：如蔣士銓〈樓桑村〉、趙翼〈樓桑邨〉，懷其生平與得能臣而三分天下。

4. 宋武帝劉裕：如袁枚〈戲馬臺吊宋武帝〉，懷其暮齒雄心。
5. 武肅王錢鏐：如蔣士銓〈表忠觀〉三首、〈錢武肅王鐵券歌〉、〈題表忠觀碑後〉，懷其雄才大節、子孫盡忠。
6. 周世宗柴榮：如袁枚〈周世宗慶陵〉，懷其文治武功。
7. 明太祖：如袁枚〈孝陵十八韻〉、趙翼〈題明太祖陵〉四首，懷其開國之功。

嘲諷者有：

1. 秦始皇：如袁枚〈博浪城〉、〈秦始皇陵〉、蔣士銓〈讀秦始皇本紀〉四首，諷其求仙、不施仁義。
2. 陳叔寶：袁枚〈景陽井〉，諷其荒淫。
3. 唐玄宗：袁枚〈讀史雜詩〉十首之十、趙翼〈題唐明皇馬上擊毬圖〉，諷其耽於逸樂。
4. 李後主：袁枚〈題李後主百尺樓〉八首，諷其貪圖聲色犬馬。
5. 宋高宗：袁枚〈湖上雜詩〉二十一首之十三，諷其偏安一隅，不思振作。

（二）賢相、名將、忠臣

這一類人物甚多，表現詩人內心的欽慕，亦屬忠貞思想的反映。當中賢相如管仲、蕭何、諸葛亮、張九齡等。（詩題參見附錄）。

名將如樂毅、廉頗、韓信、馬援、郭子儀、韓世忠、李綱、狄青、岳飛、徐達、周遇吉等。（詩題參見附錄）。

忠臣如伍子胥、范蠡、魏徵、張巡、南霽雲、施全、江萬里、謝枋得、文天祥、張世傑、余闕、史可法、丁普郎、于謙、祁彪佳、趙南星、閻應元等。（詩題參見附錄）

（三）后妃婦女

詩人們爲了宣達平等思想，對歷代后妃婦女多所關注，在三家詩人詠史作品中以袁枚歌詠最多、其次爲趙翼、再次爲蔣士銓。

袁枚歌詠的后妃婦女有舜之二妃（娥皇、女英）、西施、息夫人、漂母、虞姬、卓文君、蔡琰、王昭君、孫壽、班婕妤、鈎弋夫人、曹娥、陳皇后、二喬（大喬、小喬）、孫夫人、綠珠、潘妃、張麗華、乙弗氏、吳絳仙、楊貴妃、王才人、上官婉兒、武后、小周后、柳如是等。（詩題參見附錄）

趙翼歌頌的后妃婦女如：漂母、蔡琰、王昭君、孫夫人、露筋女、楊貴妃、武后、眞娘、楊太后、岳母、蕭太后、黃道婆、柳如是、秦良玉、忠順夫人等。（詩題參見附錄）

至於蔣士銓作品中的后妃婦女有：西施、漂母、漢四女、楊貴妃、露筋女、秦良玉、婁妃等。（詩題參見附錄）

（四）英雄豪傑、俠義之士、貴族名士

歷代英雄豪傑、俠義之士和貴族名士，其生平功業、義風與德行，有許多地方值得後人效法之處，因此，也是詩人取材的來源之一。

三家詩人詠史作品中常出現的英雄豪傑如項羽、劉邦、張良、韓信、張飛、趙雲、關羽、周瑜等。（詩題參見附錄）

俠義之士如荊軻、要離、豫讓、聶政、周處、顏佩韋、馬杰、楊念如、沈揚、周文元等。（詩題參見附錄）

至於貴族名士有田橫、魏無忌、趙勝、黃歇、魯仲連、柳下惠、楊震等。（詩題參見附錄）

（五）文人才士

三家詩人詠此類人物，或借之比況自身，或對他們的遭遇，抒發感慨與議論。比況杜牧者，如袁枚〈杜牧墓〉；比況白居易者，如袁枚〈讀白太傅集三首〉；比況向朗者，如趙翼〈閱三國志蜀向朗仕諸葛丞相長史免官後優游無事垂三十年潛心典籍年踰八十猶手自校刊開門接賓誘納後進但講古義不干時事人皆重之余出處蹤跡頗似之所不及者官職聲名耳昔東坡慕香山謂生平似其爲人故詩中屢及之然晚途尚有不同者不如余之與巨達無一不相肖也爰作詩以誌景附之意〉

等。

至於詩人筆下歌詠的文人才士，則有莊子、荀子、陸賈、賈誼、馮唐、桓譚、司馬相如、禰衡、蔡邕、王粲、嵇康、王羲之、沈約、謝靈運、庾信、張說、李白、杜甫、柳宗元、白居易、韓愈、方干、羅隱、韓偓、杜牧、王安石、范仲淹、蘇軾、朱熹、陸游、元好問、王守仁、陳獻章、吳偉業等。

（詩題參見附錄）

（六）隱　士

此類人物題材以伯夷、叔齊、嚴光、徐稚和陶淵明爲代表。多稱賞其人格高潔，亦有部分作品對嚴光之隱有微辭。詠伯夷、叔齊的有袁枚〈到桐柏宮觀伯夷、叔齊石像〉。詠嚴光的有袁枚〈釣臺〉、〈書子陵祠堂〉、〈題嚴子陵像〉、〈重登釣臺〉、〈再題子陵廟〉三首、蔣士銓〈過嚴子陵釣臺〉二首、〈嚴先生祠〉。對嚴光有微辭的作品如趙翼〈古詩二十首〉之十三、〈釣臺〉、〈嚴瀨〉。

詠徐稚，有袁枚〈徐稚子墓〉。詠陶淵明的有袁枚〈過彭澤縣愛其風景清絕，有懷靖節先生〉、〈過柴桑亂峰中躡梯而下，觀陶公醉石〉、〈謁靖節先生祠〉。

（七）聖　賢

詠聖賢者之作，如袁枚〈讀《孔子世家》〉、〈讀《論語》有感〉二首等詠孔子，蔣士銓〈謁仲廟〉詠仲由。

（八）僧　人

詠僧人之詩，如袁枚〈一行禪師塔〉詠僧一行。

二、歷史事件

除了人物之外，歷史事件也是詩人歌詠的重點，其要者如下：

（一）焚書坑儒

秦始皇三十四年（前 213 年），博士淳于越反對封建主義中央集權的郡縣制，提出恢復周朝的分封制，「無輔拂，何以相救哉？事不師古而能長久者，非所聞也。」丞相李斯反對，進言說諸子百家「入則心非，出則巷議，夸主以爲名，異取以爲高，率群下以造謗。如此弗禁，則主勢降乎上，黨與成乎下。」秦始皇採納李斯的建議，下令除《秦紀》和醫藥、卜筮、種樹之書外，別國史記及私人所藏的諸子百家著作，一概燒毀，史稱「焚書」〔註4〕；隔年，侯生、盧生等議論秦始皇「剛戾自用」、「以刑殺爲威」。秦始皇下令逮捕侯生、盧生，並牽連四百六十餘名儒士，將之坑殺於咸陽，史稱「坑儒」〔註5〕。詠此事者如趙翼〈齋居無事偶有所得輒韻之共十七首〉之十。

（二）赤壁之戰

漢獻帝建安十三年（208 年）曹操在消滅袁紹，統一北方後，自恃兵力強大，企圖進而統一全國。他親率二十多萬軍隊南下，與孫權、劉備的聯軍在長江赤壁（今湖北嘉魚東北）決戰，孫權大將周瑜利用曹軍不習水戰之特點，指揮聯軍用火攻的辦法，打敗曹軍。曹操率領殘部倉皇逃回北方，再不敢輕易南下。赤壁之戰在歷史上又稱爲「赤壁鏖戰」這一大戰役對三國鼎立局勢的形成，具有決定性的意義〔註6〕。如袁枚〈赤壁〉、趙翼〈赤壁〉皆詠此事。

（三）淝水之戰

淝水之戰是我國古代以少勝多的著名戰役，晉太元八年（383 年），前秦苻堅不顧上下反對，親自率領八十多萬大軍南下進攻東

〔註4〕司馬遷《史記》卷 6〈秦始皇本紀〉載：「臣（李斯）請史官非秦記皆燒之。非博士官所職，天下敢有藏《詩》、《書》、百家語者，悉詣守、尉雜等燒之。有敢偶語《詩》、《書》者棄市。以古非今者族。吏見知不舉者與其同罪。令下三十日不燒，黥爲城旦。所不去者，醫藥卜筮種樹之書。若欲有學法令，以吏爲師。」制曰：「可。」，北京．中華書局，1997 年 11 月，總頁 68～69。

〔註5〕於是使御史悉案問諸生，諸生傳相告引，乃自除犯禁者四百六十餘人，皆阬之咸陽，使天下知之，以懲後。同前註，頁 69。

〔註6〕參吳澤主編：《圖說中國歷史》，台北．京中玉國際事業公司，2004 年 4 月，頁 114。

晉。東晉宰相謝安派弟弟謝石，侄兒謝玄帶兵八萬迎擊。雙方在淝水展開決戰，結果東晉勝利，前秦失敗告終，北方再度陷入分裂和混戰的狀態。東晉乘機收復黃河以南的許多失地〔註7〕。如趙翼〈淝水〉二首詠之。

（四）甘露之變

唐中葉後，政權逐漸由宦官把持，朝廷與宦官之權爭矛盾也日趨惡化。唐文宗即位後，欲思消滅宦官此一禍胎，於是與宰相李訓、鳳翔節度使鄭注密謀誅滅之計。大和九年（835 年）十一月，李訓等奏稱金吾仗院內石榴樹夜來有甘露，是瑞兆，誘引宦官仇士良等前去觀看。不料兵甲隱藏不密，宦官發覺有伏兵，逃回殿上，劫持文宗入宮，派禁軍當殿屠殺朝臣，宰相李訓、舒元輿、王涯和鳳翔節度使鄭注等均遭到殺害，流血塗地，史稱「甘露之變」〔註 8〕。從此天下事都由北司決斷，宦官上脅迫天子，下欺凌宰相，更加專橫跋扈〔註9〕。如袁枚〈甘露〉二首詠之。

（五）白馬之禍，又稱白馬驛之禍

是唐朝末期朱溫誅殺朝官的一次事件。天祐二年（905 年），朱溫在其親信李振之鼓動下，於滑州白馬驛（今河南滑縣境內）一夕殺盡左僕射裴樞、新除清海軍節度使獨孤損、右僕射崔遠、吏部尚書陸扆、工部尚書王溥、守太保致仕趙崇和兵部侍郎王贊等「衣冠清流」三十餘人，投屍於河，史稱「白馬之禍」。由於李振在「咸通」、「乾

〔註 7〕參吳澤主編：《圖說中國歷史》，台北・京中玉國際事業公司，2004 年 4 月，頁 126。

〔註 8〕劉昫《舊唐書》卷十七下：「（大和九年）十一月……時李訓、鄭注謀誅內官，詐言金吾仗舍石榴樹甘露，請上觀之。內官先至金吾仗，見幕下伏甲，遽扶帝輦入內，故訓等敗，流血塗地」。北京・中華書局，1997 年 11 月，頁 161。

〔註 9〕《資治通鑒》卷 245 唐紀 61 載：「自是天下事皆行於北司，宰相行文書而已。宦官氣益盛，迫脅天子，下視宰相，陵暴朝士如草芥。」見司馬光編著、胡三省音注：《資治通鑑》，北京・中華書局，2005 年 9 月，頁 7919。

符」年間屢次不第，因此對搢紳之士深惡痛絕，曾建議朱溫說：「此輩自謂清流，宜投於黃河，永爲濁流」。朱溫笑而從之〔註 10〕。白馬之禍發生，唐朝勢力被掃除。兩年後（907 年），朱溫將唐哀帝廢除自立爲皇，並改國號爲「梁」，是爲後梁，朱溫成爲梁太祖。詠此事者有袁枚〈白馬驛〉之詩。

（六）澶淵之盟

澶淵之盟是北宋與遼訂立和約事件。宋真宗景德元年（1004 年）閏九月，遼蕭太后與聖宗大舉侵宋，攻城略地，北方告急。在宰相寇準堅持下，真宗御駕親征至澶州（今河南濮陽）。真宗至澶州後，宋軍士氣大振，加上遼軍統帥蕭撻覽被宋軍射死，銳氣鈍消，願意和談。十二月，雙方訂立和議，宋朝每年交給遼絹二十萬匹，銀十萬兩換取和平，因澶州郡名爲澶淵，史稱「澶淵之盟」〔註 11〕。如袁枚〈澶淵〉詠之。

（七）元祐黨爭

元祐爲宋哲宗趙煦年號（1086～1094），神宗死後，年僅十歲的哲宗嗣位，高太后垂簾，起用保守派首領司馬光執政。司馬光上臺後，廢除新法，全面復歸。哲宗親政，排斥保守黨人物，起用新黨。徽宗崇寧元年（1102）九月，宰相蔡京將司馬光等 120 人定爲「元祐奸黨」，由徽宗親寫姓名，刻石於皇宮端禮門。崇寧三年，又將元祐、元符（哲宗年號，1098～1100）黨人合爲一籍，重新確定 309 人爲「黨人」，刻石於朝堂，頒布於州縣。崇寧五年，毀黨籍碑〔註 12〕。

〔註 10〕《資治通鑒》卷 265 唐紀 81 載：「時全忠聚樞等及朝士貶官者三十餘人於白馬驛，一夕盡殺之，投尸于河。初，李振屢舉進士，竟不中第，故深疾搢紳之士，言於全忠曰『此輩常自謂清流，宜投之黃河，使爲濁流！』全忠笑而從之。」見司馬光編著、胡三省音注：《資治通鑑》，北京・中華書局，2005 年 9 月，頁 8643。

〔註 11〕參吳澤主編：《圖說中國歷史》，台北・京中玉國際事業公司，2004 年 4 月，頁 224。

〔註 12〕參《宋史・姦臣二・蔡京傳》，北京・中華書局，1997 年 11 月，頁

如趙翼〈元祐黨碑在桂林者今尚存沈魯堂太守搨一本見示援筆作歌〉詠之。

（八）崖山之戰

指南宋與元朝的最後一次決戰。1276 年，元軍入臨安（南宋都城，今浙江杭州），虜宋恭帝北去。陸秀夫、張世傑等擁益王趙昰、衛王趙昺南走福建，於福州立趙昰爲帝，是爲端宗，改元景炎。三年後趙昰死，昺繼位。陸、張等擁帝昺退至崖山。次年，元將張弘範率軍泛海進逼。張世傑命將戰船千餘艘用大繩連結成一字陣，率軍奮戰。元軍用火攻，夾擊。終因腹背受敵，崖山破。陸秀夫負帝昺跳海死。張世傑集合潰軍，準備再戰，遇颶風落海溺死。南宋亡〔註 13〕。如趙翼〈崖山〉詠之。

（九）靖難之役

是明燕王朱棣起兵奪取皇位的戰爭。洪武三十一年（1398 年）五月，朱元璋去世，皇太孫朱允炆繼位，年號「建文」。建文帝即位，與兵部上書齊泰、太常卿黃子澄密謀削藩，與燕王關係密切的周王、代王、齊王等先後被削去王封。建文元年（1399 年）七月，燕王朱棣起兵，上書天子，打著「誅奸臣，清君側」的旗幟，號稱「靖難」之師，開始了長達四年的奪位之戰，史稱「靖難之役」〔註 14〕。如趙翼〈金川門〉詠之。

（十）土木之變

正統十四年（1449 年）六月，蒙古瓦剌部首領也先大舉進攻明朝。此時英宗昏庸腐朽，宦官王振掌軍政大權，不顧朝中大臣如兵部侍郎于謙等人反對，鼓勵英宗御駕親征。七月英宗令皇弟朱祁鈺留

3490。

〔註 13〕《宋史・忠義六・張世傑傳》，北京・中華書局，1997 年 11 月，頁 3376。

〔註 14〕參吳澤主編：《圖說中國歷史》，台北・京中玉國際事業公司，2004 年 4 月，頁 298。

守，親率五十萬大軍出征。八月至山西大同，聞前線戰敗消息後，王振決定回師。退至離河北懷來縣城尚有二十餘里的土木堡時被也先率軍包圍，軍隊死傷慘重，王振被殺，英宗被也先俘去，史稱「土木之變」〔註15〕。詠此事者有趙翼〈土城懷古〉之三、之四。

藉由上述人物、事件資料與表格的羅列，足以透悉三家詩人關注的朝代各有側重，袁枚詠史共270首，於漢（60首）、唐（46首）著墨最多；蔣士銓詠史185首，其中詠唐（34首）、明（31首）二朝較著；趙翼詠史311首，於宋（60首）、明（56首）兩代用力爲深。

第二節　乾隆三大家詠史詩情志內蘊

文學作品總以表情達意爲基本使命。南朝范曄〈獄中與諸甥姪書以自序〉曰：

> 常謂情志所託，故當以意爲主，以文傳意。以意爲主，則其旨必見，以文傳意，則其詞不流。然後抽其芬芳，振其金石耳。〔註16〕

這裏的「意」，主要從作家爲文的情志傳達來說的。而詩歌、詠史詩也是文學作品的一種，當然也重視情志的寄寓，在詩話家的論述中，有跡可尋，如袁枚云：「文以情生，未有無情而有文者」（《隨園詩話》卷三）、「千古善言詩者，莫如虞舜，教夔典樂曰：『詩言志』，言詩之必本乎性情也，曰歌永言，言歌之不離乎本旨也」（《隨園詩話》卷三）。又如沈德潛《說詩晬語》所云：

> 詩貴寄意，有言在此而意在彼者。李太白〈子夜吳歌〉，本閨情語而忽冀罷征。〈經下邳圯橋〉，本懷子房，而意實自寓。〈遠別離〉，本詠英、皇，而借以咎肅宗之不振，李輔國之擅權。杜少陵〈玉華宮〉云：「不知何王殿，遺搆絕壁下」傷唐亂也。……他若風貴妃之釀亂，則憶王母於宮中，

〔註15〕參《明史・英宗本紀》，北京・中華書局，1997年11月，頁71。
〔註16〕沈約：《宋書》，北京・中華書局，1997年11月，總頁468。

刺花敬定之僭竊，則想新曲於天上，凡斯託旨，往往有之，

但不如三百篇有小序可稽，在讀者以意逆之耳。〔註 17〕

此中列舉的李白〈經下邳圯橋〉、〈遠別離〉，杜甫〈玉華宮〉等皆屬詠史詩，可見當時沈德潛不僅認爲詩歌要「寄意」，更清楚詩人詠史寄意的幾種情況。清人喬億亦說：「詠史詩須別有懷抱。劉向睹成帝及趙、衛之屬，爲《列女傳》。荀悅以政移曹氏，作《申鑒》。習鑿齒因桓溫跋扈，著《漢晉春秋》。胡致堂《管見》，專爲秦檜設。朱子釋《楚辭》，有感於趙忠定。古人著書，皆有故也。作詠史詩，尙師其意」〔註 18〕。所謂「須別有懷抱」、「作詠史詩，尙師其意」其實也是就詩人創作時的動機和基礎而發，亦即強調作品中須有思想、情感的寄寓。

袁枚、蔣士銓、趙翼三家詩人生活於文網密布的康乾時期，其詠史詩是特定時空下的特殊產物，皆是有意而發，爲掌握其情志內蘊，以下即從五個面向，加以縷析。

一、寄寓古人，自抒懷抱

孫立〈論詠史詩的寄託〉一文曾說：「古人寫詩，個人的窮通隱達、仕途利鈍，是一個永恆的主題。從屈宋開始，這一主題便綿延不絕」〔註 19〕。季明華《南宋詠史詩研究》一書中也指出：「詩人的生平遭遇，情境反應等心理狀態，對其題材的選擇，及其思想內涵，具有直接的影響作用」〔註 20〕。我們從三大家一生際遇來審視：袁枚滿腹經綸，曾以最小年齡（21 歲）應試乾隆元年（1736）九月於京城舉辦的「博學鴻詞」，卻意外落榜。之後雖然在乾隆四年（1739）考中進士，其從政時期不過三年庶吉士、七載縣令〔註 21〕，便於乾

〔註 17〕沈德潛：《說詩晬語》，台北・台灣中華書局，1987 年 8 月，頁 9。

〔註 18〕喬億：《劍谿說詩》卷下，見郭紹虞《清詩話續編》，頁 1101。

〔註 19〕孫立〈論詠史詩的寄託〉，廣州《中山大學學報（社會科學版）》，1997 年，第 1 期，頁 90。

〔註 20〕季明華：《南宋詠史詩研究》，台北・文津出版社，1997 年 11 月，頁 132。

〔註 21〕乾隆七年（1742）外放江南縣令。一年溧水、江浦令，兩年沭陽令，

隆十四年（1749），三十四歲的壯年，辭官歸隱隨園，一直到八十二歲〔註22〕。

而蔣士銓才穎早露，但一生科場屢挫，仕途蹇礙。乾隆十三年（1748，24歲）會試，被放。十七年應禮部恩科試，落第。十九年再應會試，又被放。乾隆二十二年（1757，33歲）時，得中二甲十二名進士，改庶吉士。於京任職期間，由於賦性耿介，不諧於俗，儘管聲譽日起，卻居官不遷。終於在四十歲盛年（乾隆二十九，1764）時，乞假養母。之後，從乾隆三十年至四十年（41～51歲），講學訪勝。乾隆四十六年（1781，57歲），充國史館纂修官，專修《開國方略》十四卷，記名以御史補用。復因患風痺之疾，於乾隆四十八年春夏間，買舟南歸，養疴於南昌藏園。乾隆五十年卒，年六十一〔註23〕。

至於趙翼，情況也沒有比袁枚、蔣士銓好多少。先是乾隆十六年（1751，25歲），會試落第；十七年壬申（1752）秋，恩科會試仍被落。乾隆二十二年（1757），會試又落；乾隆二十五年（1760），會試再度落榜。直到乾隆二十六年辛巳（1761，35歲）恩科會試才脫穎而出，豈料在引見時，乾隆皇帝以他與第二卷胡高郵皆爲江浙人，第三卷王杰是陝西韓城人，而清開國後江浙多狀元，陝西至今尚未出過。於是將他的名次（狀元）與王杰（探花）互易，其仕途蹭蹬，已肇始於此。之後入翰林院，授編修，開始一段愉快的生活。但好景不常，乾隆三十一年（1766）冬被皇帝特授廣西鎮安府（治所在今廣西德保）知府。當時的鎮安爲邊遠山區，他本想以「不習吏事」、「吏治未嫻」爲由委婉推辭，然皇帝意旨不容違背，於是趙

四年江寧令。參王英志：《袁枚評傳》，南京・南京大學出版社，2002年，頁96～109。

〔註22〕參方濬師《隨園先生年譜》，王英志主編：《袁枚全集》（第八冊），南京・江蘇古籍出版社，1997年7月。

〔註23〕參《清容居士行年錄》，附錄於蔣士銓著，邵海清校、李夢生箋：《忠雅堂集校箋》（第四冊），上海・上海古籍出版社，1993年，頁2467～2485。

翼鬱鬱出都。三十三年，滇有征緬之役，他奉旨赴滇參軍事。三十五年三月得旨調守廣東廣州府，三十六年四月，奉旨陞貴州分巡貴西兵備道。三十七年（1772，46歲）以廣州讞獄舊案，部議降一級調用，奉旨送部引見，乃有感於仕宦險惡風波，遂辭官養親，此後有四十餘年的漫長里居歲月，從事史學著述、詩歌創作與講學。嘉慶十九年（1814）病卒，享年八十八歲。〔註24〕

緣此，呈現在他們詠史作品中的一部分內容即是借古人古事表達個己偃蹇困頓的遭際或比況、欽羨前賢，以抒懷抱。

如袁枚〈荊卿里〉和〈黃金臺〉：

水邊歌罷酒千行，生戴吾頭入虎狼。
力盡自堪酬太子，魂歸何忍見田光？
英雄祖餞當年淚，過客衣冠此日霜。
匕首無靈公莫恨，亂山終古刺咸陽。

（〈荊卿里〉，《小倉山房詩集》卷一）

東海泱泱大風猛，燕王積怨何時逞？
築臺願招英雄人，黃金之高與天等。
臺未築時如無人，臺既築時人紛紛。
不知公等竟安在，劇辛、樂毅來成群。
殘兵一隊山東走，頃刻齊亡如反手。
回問當年豪舉心：果然值得黃金否？
於今蔓草縈臺綠，千年壯士尋臺哭。
爲道昭王今便存，不報仇時臺不築。

（〈黃金臺〉，《小倉山房詩集》卷一）

這兩首詩作於乾隆元年至二年間，是袁枚試「博學鴻詞」落榜後的作品。學者以爲〈荊卿里〉、〈黃金臺〉二詩中有作者「借懷古宣洩心中抑鬱憤懣之情」，如〈荊卿里〉詠荊軻「力盡自堪酬太子，魂歸何忍見田光？」寓有辜負金鉷舉薦之愧；〈黃金臺〉詠燕昭王築黃金臺「於今蔓草縈臺綠，千年壯士尋臺哭。爲道昭王今便存，不

〔註24〕參《甌北先生年譜》，附錄於趙翼著，李學穎、曹光甫校點：《甌北集》，上海·上海古籍出版社，1997年4月，頁1389～1416。

報仇時臺不築。」既是對燕昭王築臺「豪舉」之質疑，又是抒發懷才不遇的悲慨〔註25〕。

又如蔣士銓〈詠老將〉二首之一：

將軍老去飯能強，記得河山古戰場。
射虎弓猶開滿月，籌邊鬚略點新霜。
名標崖石翻旗字，臂袒袍花隱箭瘡。
夜半觀星奇氣出，暗抽壺矢注天狼。（《忠雅堂詩集》卷十一）

本詩寫在乾隆二十八年，是詩人三十九歲的作品，內容歌詠廉頗武藝超群，體力強健，不因年老而改變壯志。此年年尾，蔣士銓辭官心意已決，作此詩詠老將廉頗，實有寄寓個人壯志難伸之痛。辭官後一年多，蔣士銓四十一歲，在〈讀昌黎詩〉中，又借昌黎遭遇，抒一己之懷：

岩岩氣象雜悲歌，浩氣難平未肯磨。
自古風騷皆鬱勃，人生不得意時多。（《忠雅堂詩集》卷十三）

詩人閱讀昌黎之作，深感其氣象宏偉中夾雜悲慨，從而意會其才高卻生不逢時，這種情形和自己相當，因此吟詠「自古風騷皆鬱勃，人生不得意時多。」藉之寬慰己懷。

又蔣士銓〈采石磯登太白樓〉四首之一：

江水一樓空，登臨萬古同。
將軍渺何處，有客更懷公。
才大難爲用，恩深竟不終。
騎鯨問誰見？流恨意無窮。（《忠雅堂詩集》卷十四）

此詩爲蔣士銓四十二歲時乘船經當塗所作。采石磯是古代著名渡口，位於安徽省當塗縣西北，牛渚山之北，下臨長江，形勢雄壯險要，乃兵家必爭之地。詩人經過采石磯登上太白樓，懷想詩仙李白，感歎他才大難爲用，雖曾受玄宗賞識，卻不能持續到最終。李白曾自稱海上騎鯨客，竟漂泊一生，詩人憑吊李白之餘，也抒寫胸中失

〔註25〕參王英志著：《袁枚評傳》，南京．南京大學出版社，2002年，頁80。

意之感。

再看趙翼〈閱三國志蜀向朗仕諸葛丞相長史免官後優游無事垂三十年潛心典籍年踰八十猶手自校刊開門接賓誘納後進但講古義不干時事人皆重之余出處蹤跡頗似之所不及者官職聲名耳昔東坡慕香山謂生平似其爲人故詩中屢及之然晚途尚有不同者不如余之與巨達無一不相肖也爰作詩以誌景附之意〉一詩云：

望古尋同伴，私心孰比倫。
子雲期後世，向朗是前身。
時已千年隔，踪如一轍循。
葫蘆依樣畫，尚恐未傳眞。（《甌北集》卷四十九）

這首詩是趙翼晚年的作品，創作時已年過八十歲，在漫長的人生旅途中，他找到三國時期的向朗，作爲歷史上的同伴。從長達一百二十四字的詩題上，不難看出他比附前賢的作意。

根據史書記載：

向朗字巨達，襄陽宜城人。荊州牧劉表以爲臨沮長。表卒，歸先主。……蜀既平，以朗爲巴西太守。……後主踐阼，爲步兵校尉，代王連領丞相長史。丞相亮南征，朗留統後事。五年，隨亮漢中。……初，朗少時雖涉獵文學，然不治素檢，以吏能見稱。自去長史，優游無事垂三十年，乃更潛心典籍，孜孜不倦。年踰八十，猶手自校書，刊定謬誤，積聚篇卷，於時最多。開門接賓，誘納後進，但講論古義，不干時事，以是見稱。上自執政，下及童冠，皆敬重焉。〔註26〕

可知詩人詩題徵引本傳而來，符合他治史求眞的精神。不過詠史詩不能只有敘事，清人吳喬曾說：「古人詠史，但敘事而不出己意，則史也，非詩也；出己意，發議論，而斧鑿錚錚，又落宋人之病。……用意隱然，最爲得體」〔註27〕。就本詩而言，在平實敘述中，涵蘊深刻

〔註26〕陳壽：《三國志》，北京・中華書局，1997年11月，頁264。
〔註27〕吳喬《圍爐詩話》，見郭紹虞：《清詩話續編》，上海・上海古籍出版

的傾慕之意，「望古尋同伴」二句，開宗明義，就是思古意緒的萌發，「子雲期後世，向朗是前身」與古人銜接。「時已千年隔，踪如一轍循」，從三國到嘉慶十二年，時空已歷千餘年，而他和向朗免官後的作爲，竟是如此相似，不免心生驚歎。當然，每個人都是獨立的個體，如果眞有前世來生，還是會有些許不同，「葫蘆依樣畫，尙恐未傳眞」是詩人仔細思量後所獲得的眞知。

從上述詩例當中，我們發現三大家詠史詩「詠古人而己之性情俱現」〔註28〕能符合吳喬所提出的「用意隱然」的創作原則，因此，讀來倍感含蓄蘊藉，餘味深長。

二、覽跡思古，觸物興感

劉勰《文心雕龍・明詩》云：「人稟七情，應物斯感。感物吟志，莫非自然。」指出詩歌的創作，個人內在情感與外物相應關係密切。而鍾嶸《詩品》也說：「氣之動物，物之感人。故搖蕩性情，形諸舞詠。照燭三才，暉麗萬有。靈祇待之以致饗，幽微藉之以昭告。動天地，感鬼神，莫近於詩。」詩不僅是詩人內在情志的呈顯，亦是其現實生活之反映。由於乾隆三大家在政治上無法適時發揮其才，轉而向自然山河，歷史遺跡，吟詠寄興，加上他們本身均有豐富的山川閱歷與史學知識，因此，呈現在詠史作品中的懷古意緒異常濃厚。而三家詩人覽跡思古之作十分豐贍，無法盡舉，此地僅列數首，窺見一斑。如袁枚〈嵇侍中祠〉：

> 五曜爭天出，何人識紫微！
> 獨將名士血，洒向故君衣。
> 廟古松楸老，山荒鳥雀飛。
> 華亭聞鶴者，魂魄向誰歸？（《小倉山房詩集》補遺卷二）

此詩爲五律，乃袁枚經嵇紹祠心有所感而作。首聯「五曜爭天出，

社，1999年6月，頁558。

〔註28〕沈德潛《古詩源》讚左思〈詠史〉之用語，台北・台灣商務印書館，1988年11月，頁100。

何人識紫微！」指趙王司馬倫篡位之事，當中紫微比喻帝王。據《晉書・孝惠帝傳》載：「永寧元年（301）春正月乙丑，趙王倫篡帝位。丙寅，遷帝于金墉城，號曰太上皇，改金墉曰永昌宮。廢皇太孫臧爲濮陽王。五星經天，縱橫無常。癸酉，倫害濮陽王臧」〔註29〕。這兩句意謂臣子作亂，君王蒙塵。

頷聯「獨將名士血，洒向故君衣。」指嵇紹護主，血濺御衣。頸聯是寫眼前之景，廟古松老，山荒鳥飛，增添凄涼。尾聯說陸機兄弟在孫吳亡後，依附晉室爲官，後又被殺。就中蘊含對文人不幸遭遇的深深同情。

再觀袁枚〈王猛墓〉云：

> 渭南高冢象祈連，諸葛能支蜀幾年？
> 一代君臣魚得水，三秦宮殿鳥啼烟。
> 山河割據人才貴，華夏興亡歷數偏。
> 不嘆滄桑嘆遭際，爲君流淚古碑前。（《小倉山房詩集》卷八）

本詩作於乾隆十七年（1752），袁枚37歲，這一年詩人因經濟因素，無奈再度復出任官（前此有三年歸隱生活，34～36歲），途經陝西，面對古老的歷史文化，乃創作許多涵融懷古意緒的詠史作品，這是其中一首。內容歌詠王猛與苻堅之君臣遭際。首聯以王猛墓所在位置落筆，並以諸葛亮比擬王猛。頷聯寫王猛因受苻堅信任，如魚得水，能盡情施展政治與軍事才能。據《晉書・載記・王猛傳》云：

> 堅嘗從容謂猛曰：「卿夙夜匪懈，憂勤萬機，若文王得太公，吾將優游以卒歲。」猛曰：「不圖陛下知臣之過，臣何足以擬古人！」堅曰：「以吾觀之，太公豈能過也。」常敕其太子宏、長樂公丕等曰：「汝事王公，如事我也。」其見重如此。〔註30〕

從這段文字可以得知王猛受苻堅信任與重用的程度。頸聯說王猛生逢東晉時北方中原十六國紛爭時代，人才容易脫穎而出。末聯感歎

〔註29〕見《晉書・孝惠帝傳》，北京・中華書局，1997年11月，總頁36。
〔註30〕見《晉書・載記・王猛傳》，北京・中華書局，1997年11月，頁749。

君臣際遇，代不相同。

又趙翼〈焦山江上爲張世傑與元阿珠董文炳血戰處事見宋元二史從未有詠之者舟行過此補弔以詩〉云：

> 江上峰浮一螺碧，啼鳥落花僧寺僻。豈知曾閱古烽烟，
> 往往山根見折戟。白鷁雄排水寨開，戎旃萬舸截江來。
> 箭風礟火吼水立，蛟鼉駭走不敢迴。可憐殺氣乘潮漲，
> 南北戈船互衝盪。一貪佐命立奇勳，一誓捐軀保危障。
> 功臣忠臣共戰場，運異興衰氣同壯。終然浩劫入滄桑，
> 縱有赤心天不諒。烟燄横空背蔽江，十萬健兒魚腹葬。
> 我來斜渡一帆風，往日兵氛久洗空。閒把陳編撫遺事，
> 江山如舊哭英雄。山前一片飛濤洶，想見當年戰血紅。
>
> (《甌北集》卷三十七)

詩作於乾隆五十九至六十年，詩人年約 68、69。據《宋史・忠義六・張世傑傳》記載：

> 七月，(張世傑)與劉師勇諸將大出師焦山，令以十舟爲方，碇江中，非有號令毋發碇，示以必死。元帥阿朮載彀士以火矢攻之，世傑兵敗，無敢發碇，赴江死者萬餘人。大敗，奔圌山。(世傑)上疏請濟師，不報。〔註 31〕

可知當時戰役之概況。前四句從眼前景物著筆，敘當年戰場上遺留的折戟尚可於山根看見。「白鷁」六句描寫戰況猛烈，連蛟鼉都不敢稍加停留。「一貪」四句說雙方立場不同，但士氣同樣雄壯激昂。「終然」四句，寫大戰的結局，江上到處都是士兵的屍體。「我來」六句，詩人說作此詩是透過史書記載，想像當時雙方交兵的過程，從而緬懷戰場上的英雄張世傑。

又趙翼〈鄱陽湖懷古〉云：

> 濤聲如沸舞廻飈，想見當年水戰囂。
> 天下英雄窺此舉，興王事業定崇朝。
> 楚歌四面烏江敗，吳火中流赤壁燒。

〔註 31〕見《宋史》，北京・中華書局，1997 年 11 月，頁 3376～3377。

俯仰湖光已陳迹，康郎山下一停橈。(《甌北集》卷十三)

詩作於乾隆三十一至三十三年，詩人 40～42 歲。首聯從湖面波濤洶湧生起懷古之情，切合詩題。頷聯，舉明太祖朱元璋與陳友諒戰鄱陽湖中康郎山事，借喻此地之重要。頸聯以項羽敗於烏江、曹操敗於赤壁等史事，言長江沿岸、鄱陽湖一帶軍事地理之重要。尾聯，詩人停舟康郎山下，聯想古代戰爭史事，餘波不盡。

再如蔣士銓〈禹廟〉：

山河不改一碑存，尚有神雅集廟門。
萬水朝宗才力大，九州陳列帝王尊。
桑田已見沈江海，姒姓依然認子孫。
贏得遊人看窆石，年年風雨長苔痕。(《忠雅堂詩集》卷十九)

此詩爲蔣士銓四十七歲時的作品。是年，蔣士銓曾遊禹嶺、南鎮。禹廟在浙江紹興之會稽山上，廟旁有一小坎如舂臼者，立一石碑，碑上刻「禹穴」二字。詩詠禹廟，追念大禹治水之功，分天下爲九州之始；歷經千年歲月之時空變遷，後代子孫仍然崇拜思念不已。儘管只是一塊窆石，依然受到人們的愛戴與仰慕。

經過上述詩例的分析，得知詩人面對歷史遺跡通常以感染、觸動的方式引發其內在情愫，不再單純「讀史見古人成敗，感而作之」(《文鏡秘府論》)，而是結合「經古人之成敗詠之」(《文鏡秘府論》) 的方式寫詩，其感受從創作的即時性與情緒性充分地傳達出來，乃有曠遠高古之美。

三、褒獎氣節，激揚忠義

在寓古抒懷和覽跡興慨之餘，面對歷代諸多懷有氣節的忠義之士，三家詩人均予以讚揚、表彰。當中又以蔣士銓的作品最爲顯著，這與其詩學主張、本身性情息息相關。

蔣士銓〈鍾叔梧秀才詩序〉云：「唐、宋諸賢不必相襲，寓日即書，直達所見，其人品學術，隱然躍躍于其間。所謂忠孝義烈之心，溫柔敦厚之旨則一焉」〔註32〕。溫柔敦厚是儒家傳統詩教，到蔣士銓手中此一觀念獲得進一步發展，他提出忠孝義烈與之對應，成爲評價詩歌的標準。除了在詩學主張上對忠孝義烈予以重視，蔣士銓本身即是崇志節、尙忠義之人，如阮元〈蔣心餘先生傳〉云：

> 士銓長身玉立，眉目朗然，嶔嵜磊落，遇忠孝節烈事，輒長歌紀之，淒鏘激楚，使人雪涕。生平無遺行，志節凜凜，以古丈夫自礪。〔註33〕

又《鉛山縣志》卷十五〈人物儒林傳〉之〈蔣士銓傳〉載：

> 平生志節凜凜，與人交肝膽披露，趨急闡微如不及。〔註34〕

詩學主張與本身的性情，體現於實際生活，造就蔣士銓對歷代忠貞義烈之士，多所著墨，如〈謝文節祠〉四首之二：

> 欃槍倒指逼孤城。破堞倉皇尚募兵。
> 患難與人堅氣節，興亡何地着功名。
> 麻衣痛哭諸陵改，鐵鎖銷沉半壁傾。
> 三復遺書悲却聘，至今心事日光明。(《忠雅堂詩集》卷一)

此詩詠謝枋得，是蔣士銓二十二歲時遊歷江西而作。據《宋史》本傳知：謝枋得，字君直，信州弋陽（今屬江西）人。爲人豪爽，以忠義自任。德祐元年（1275）以江東提刑、江西招諭使知信州。城陷後流亡建陽，以賣卜教書爲生。後元朝迫其出仕，地方官強制送至大都，乃絕食而死。門人私謚「文節」〔註35〕。詩人在作品中讚揚謝枋得守城抗元，招募民兵，儘管戰敗城陷，功名無著，依然堅守氣節。在南宋滅亡後，他變更姓名，日麻衣躡屨，東鄉而哭，並多次遺書拒絕出仕元朝，最終絕食而死，此一光明心志，未因時間流逝而被遺忘。

〔註32〕見邵海清、李夢生：《忠雅堂集校箋》，上海．上海古籍出版社，1993年，頁2013。

〔註33〕見邵海清、李夢生：《忠雅堂集校箋》，上海．上海古籍出版社，1993年，頁2492。

〔註34〕見《忠雅堂集校箋》，頁2495。

〔註35〕見《宋史．謝枋得傳》，北京．中華書局，1997年11月，頁3229～3230。

又〈岳鄂王墓〉二首之二：

宰相持和議，朝廷本厭兵。

天收名將盡，人歎國讎輕。

黨惡危時盛，精忠死後明。

無成關歷數，感憤不須鳴。(《忠雅堂詩集》卷十五)

此詩爲蔣士銓四十二歲於浙江杭州遊西湖時，經棲霞嶺岳飛墓而作。首聯分析當時政治環境，有以秦檜爲首的主和派，有以岳飛爲首的主戰派。頷聯書上位者決定偏安之局，名將不得出頭，並諷刺朝廷不重視國仇家恨。頸聯敘秦檜等奸黨大盛，危害朝政，而精忠報國的岳飛，卻須死後才爲世人知曉。尾聯將一切失敗歸向歷數，心中感憤不須鳴冤，寄寓深沉的諷意。

在蔣士銓歌詠的歷代忠臣義士中，出現最多次的，莫過於明代史可法，除了年代與詩人較接近外，其英雄氣節、忠貞情操已深深烙印在詩人心底，如〈梅花嶺吊史閣部〉一詩云：

號令難安四鎮強，甘同馬革自沈湘。

生無君相興南國，死有衣冠葬北邙。

碧血自封心更赤，梅花人拜土俱香。

九原若遇左忠毅，相向留都哭戰場。(《忠雅堂詩集》卷二)

本詩寫於乾隆十三年（1748），是蔣士銓二十四歲春闈落第，南歸途中經揚州憑弔史可法的作品。首聯敘述南明福王難以制衡強悍的四鎮，號令無法下達；而史可法的忠貞之性，卻甘如馬援、屈原等人，爲國犧牲。頷聯寫他生不逢時，無聖君賢相振興南明，死後人們將其衣冠葬于北邙山的梅花嶺。頸聯歌頌其碧血丹心，使嶺上梅花、泥土更添芬芳。尾聯說史可法若於地下與其師左光斗相遇，這兩位忠義之士，必定相向舊都哭泣，哀痛南明覆亡。其他詠史可法之作尚有〈得史閣部遺像並家書眞迹〉三首、〈題史道鄰閣部遺像〉、〈恭和御題史忠正可法遺像詩韻〉、〈梅花嶺謁史忠正祠墓〉等。

趙翼自小承受儒家教育，精於文史，其詠史作品中亦呈現忠貞思想。如〈題鶴歸來戲本〉三首：

化鶴歸從瘴海濱，興亡如夢愴前塵。
河山戰敗無殘壘，文武逃空剩隻身。
青史一編留押卷，(自註：明史以公為列傳終卷)
朱衣雙引去成神。(自註：公死後為蘇州城隍神，見錢遵王詩註)
覆巢之下猶完卵，想見興朝祝網仁。(自註：公在桂林拒戰時，江南久已入我朝。其家在常熟，眷屬俱無恙，足見是時法網之疏闊)(〈其一〉)

江陵孫子亦英風，來共殘棋一局終。
不死則降無兩法，倡予和汝有雙忠。
青山何處呼皋復，白首同歸作鬼雄。
楊震自能招大鳥，豈須鎩羽比遼東。(自註：張居正曾孫同敞，與公同被執，幽之民舍，兩人日賦詩倡和，四十餘日，同被戮)(〈其二〉)

風洞山前土尚香，(自註：二公就戮處)
從容就義耿剛腸。
久祈白刃爲歸路，肯乞黃冠返故鄉。
宗澤心期河速渡，福興身殉國垂亡。(自註：宗汝霖守汴，完顏福興守燕，皆留守事)
易名眞荷如天度，偏爲殷頑特表彰。(自註：高宗純皇帝表彰明末忠臣，特賜公謚忠宣)(〈其三〉,《甌北集》卷四十八)

這組詩作於嘉慶十一年，詩人年八十，詩題下註曰：「前明大學士瞿式耜留守桂林，城破殉難，族孫頡作此以傳」。內容除了表彰瞿式耜爲前明殉國之忠心，亦稱頌其族孫爲清廷效忠。據《明史》記載：瞿式耜，字起田，常熟人。萬曆四十四年進士，崇禎元年擢戶科給事中，曾抨擊權豪，被罷官家居。崇禎十七年（1644），福王立於南京，起爲應天府丞。順治三年（1646），清兵攻破汀州，與丁魁楚等擁立桂王朱由榔（永曆帝），留守桂林。順治七年，清兵攻桂林，城破，與總督張同敞（張居正曾孫）皆被執，不屈，從容就義。〔註36〕第一首

〔註36〕見《明史・瞿式耜傳》，北京・中華書局，1997年11月，頁1843～1844。

詩人從朝代興亡追想瞿式耜的生平與死後成神，尾聯提及當時法網疏闊。第二首說族孫瞿頡排除種族之見，爲清效忠，與瞿式耜爲明殉國，是爲「雙忠」，末尾兼詠張同敞。第三首寫瞿、張二人從容就義、視死如歸的豪氣，及乾隆皇表彰明末忠臣，賜謚忠宣之事。趙翼生長於大清之土，在當時織密的文網下，只能從「忠」的角度來詮釋，不能提及前明或大清的國號。

至於袁枚，雖性情狂放，不受傳統思想束縛，詩作多直抒胸臆，不拘一格，然其詠史詩中亦不乏推崇忠臣節義之作，如〈題張睢陽廟壁〉云：

刀上蛾眉喚奈何，將軍鄰境尚笙歌。
殘兵獨障全淮水，壯士同揮落日戈。
六射鬚眉渾不動，一城人肉已無多。
而今雀鼠空啼竄，暮雨靈旗冷薜蘿。(《小倉山房詩集》卷一)

這是一首詠唐代睢陽守將張巡之詩，袁枚二十一、二十二歲時的作品。首聯寫張巡殺妾饗士卒與賀蘭進明坐視不救之事，形成強烈的對比畫面。頷聯說張巡率殘兵部卒，仍堅守整個淮河流域，士氣如虹。頸聯呈顯張巡偏將雷萬春面中六箭，紋絲不動的剛毅，以及睢陽城糧食既盡，遂食人肉的慘烈狀況。末聯以眼前之景作結，餘味無窮。

四、重視女權，宣達平等

在封建社會裏，婦女一向處於低下的位階，男尊女卑，三從四德，夫爲妻綱，貞節觀念等，形成壓迫和禁錮女子的倫理思想體系，此體系從產生、發展到演變，不僅未曾鬆弛，反有愈縮愈緊的趨勢，經宋代至明清，將婦女壓縮得幾乎透不過氣，面對婦女的悲慘遭遇，後世文人紛紛以詩歌爲其鳴不平，而在袁枚、蔣士銓、趙翼三大家的詠史作品當中，也有所反映，他們藉詩歌詠各階層的女性，以凸顯重視女權，宣達平等的思想。如袁枚〈上官婉兒〉一詩寫道：

論定詩人兩首詩，簪花人作大宗師。
至今頭白衡文者，若個聰明似女兒？(《小倉山房詩集》卷二)

詩句中極力讚美女子的聰明才智，對初唐女詩人上官婉兒論詩衡文的能力表示欽佩。

又袁枚〈再題馬嵬驛〉四首之四：

不須鈴曲怨秋聲，何必仙山海上行。

只要姚崇還作相，君王妃子共長生。(《小倉山房詩集》卷八)

詩人一反傳統的女子禍國論，將矛頭指向男子，認爲眞正的的罪過在「君王」，而「妃子」只是被動者，對「男尊女卑」的觀念予以否定與抨擊，顯示詩人進步的婦女觀。再看袁枚〈張麗華〉二首之二：

結綺樓邊花怨春，青溪柵上月傷神。

可憐褒、妲逢君子，都是〈周南〉傳裏人。

(《小倉山房詩集》卷二)

此詩也是爲女子代言之作，作者認爲陳朝的滅亡，並非張麗華的罪過，批判了女人是禍水、是亡國禍首的論調。「可憐褒、妲逢君子，都是〈周南〉傳裏人。」是全詩的重點，詩人以爲：可惜褒姒、妲己所遇者是亡國昏君，如果遇上明君，她們也會都是〈周南〉傳訓所讚美的那樣的賢淑后妃。

與袁枚同樣高舉「性靈」大旗，提倡詩歌創作須表現自我性情的趙翼，亦借歷史女性人物表現詩人反對封建禮教，追求民主、平等的思想。如〈莪洲以陝中遊草見示和其五首〉之〈乾陵〉：

一番時局牝朝新，安坐粧臺換紫宸。

臣僕不妨居妾位，英雄何必在男身。

林巒赭豈媧皇石，風雨陰疑妒婦津。

同穴橋陵應話舊，曾經共輦洛陽春。(《甌北集》卷三十一)

此詩讚揚武則天，詩人不再從女性「安坐粧臺」的閨房淑女角度來描繪，而是從一代女皇的身分彰顯武則天的雄才偉略，一反男尊女卑的封建世俗。「臣僕不妨居妾位，英雄何必在男身。」直陳武氏「女英雄」的形象，也表現趙翼思想意識中的民主傾向。

蔣士銓歌詠女子的詠史詩雖不及袁枚、趙翼兩家豐富，但重視女子地位的心意，是相通的，如〈四女祠〉：

四女能爲養，雙親並享年。
遺槐明不嫁，拔宅笑成仙。
地志傳貞孝，鄉祠潔豆籩。
憐他貝州士，應廢〈凱風〉篇。(《忠雅堂詩集》卷十二)

乾隆二十九年，詩人 40 歲，舟過東昌府恩縣（今平原縣），作此詩〔註 37〕。據《大清一統志》載：「四女祠，在恩縣西北衛河南岸，土人稱爲四女寺。按四女名不可考，相傳漢景帝時人，姓傅，因父無子，四女矢志不嫁以養親，後俱得仙去。祠有明成化間碑。」〔註 38〕詩的前半段寫四女盡孝，種槐表明不嫁決心，讓父母安享天年，最終全家飛昇成仙之事。後半段認爲貝州有此貞孝女子，與《詩經・邶風・凱風》篇中敘述七子盡孝之事，同樣値得後人讚揚。

五、治亂盛衰，鑒往知來

中國文人向來具有憂患意識，《詩經・大雅・蕩》云：「殷鑑不遠，在夏后之世。」〔註 39〕；《戰國策・趙策一》載張孟談之語：「前事之不忘，後事之師。」〔註 40〕；《周易・繫辭下》也說：「君子安而不忘危著，危而不忘亡，治而不忘亂，是以身安而國家可保也」〔註 41〕。客觀來說，袁、蔣、趙三家詩人生活的年代是政治安定的康乾盛世，然許多隱藏性的社會危機正在醞釀、萌發，如人口膨脹，糧食短缺，朝廷官吏奢華、貪污之風漸行，帝王南巡，財物耗費過度，民族衝突不斷等等，稍有覺知者，即能洞悉，何況是在詩人敏銳的觀察之下？

然由於時代氛圍的特殊，詩人不敢光明正大地表示意見，唯借

〔註 37〕《忠雅堂集校箋》，頁 935。
〔註 38〕《忠雅堂集校箋》，頁 305。
〔註 39〕滕志賢注譯、葉國良校閱：《新譯詩經讀本》，台北・三民書局，2000 年 1 月，頁 879。
〔註 40〕溫洪隆注譯、陳滿銘校閱：《新譯戰國策（下）》，台北・三民書局，1999 年 2 月，頁 720。
〔註 41〕阮元：《十三經注疏》，台北・大化書局，1982 年 10 月，頁 88。

前朝遺事一吐心跡，這一類作品表面上單純敘述治亂盛衰始末，卻寓有鑒戒之旨。

如蔣士銓〈讀秦始皇本紀〉四首之四：

三代有治法，始皇不一用。
事事矜創獲，大力爲罄控。
黔首雖可愚，陳項肯從眾？
戰國尚功利，流毒堪一慟。
所以鄒國儒，獨言仁義重。(《忠雅堂詩集》卷二十一)

此詩爲蔣士銓四十九歲居揚州讀〈秦始皇本紀〉而作。內容敘夏商周三代治國有法，然秦始皇一想超越前代功業，事事追求新創，加上朝臣鼓動，因而不行前賢治法。他採取戰國時期嚴刑峻法、崇尚功利的作法，控制人民思想及一切，令詩人深感痛心。其後陳勝、項羽等紛紛起義，秦國迅速滅亡，主因在於不施仁義。詩人通過史實，勸勉治國者應以仁義爲重，並以資爲鑒。

蔣士銓〈響屧廊〉二首之二：

不重雄封重豔情，遺蹤猶自慕傾城。
憐伊幾緉平生屐，踏碎山河是此聲。(《忠雅堂詩集》卷二十二)

這是詩人五十歲時遊蘇州所作，詩題中的「響屧廊」據范成大《吳郡志》卷八載：「響屧廊在靈巖山寺。相傳吳王令西施輩步屧，廊虛而響，故名。」〔註 42〕。內容寫吳王夫差不重封疆治國的大業，而迷戀絕世美女西施，寵幸她竟恩及雙腳，終致山河破碎，社稷覆亡。短短二十八字，卻擲地有聲，表達蔣士銓對上位者荒淫誤國的嘲諷，不無殷鑒之意。清代朱庭珍曾評此詩說：「用意沈著，又七絕中之飛將也」〔註 43〕益見其藝術價值之高。

又如袁枚〈驪山〉：

驪戎之山五里高，古柏蒼蒼綉綠毛。下瞰潼城似棋局，

〔註 42〕《忠雅堂集校箋》，頁 1422。

〔註 43〕朱庭珍《筱園詩話》卷四，郭紹虞：《清詩話續編》下，上海·上海古籍出版社，1999 年 6 月，頁 2411。

春樹高枝青出屋。憶昔始皇初建都，七十二萬驪山徒。
百夫運石千夫唱，水銀江海黃金鳧。一朝火起咸陽宮，
白骨無靈怨牧童。後王不鑒前王失，複道離宮重鬱鬱。
朝元閣下洗花枝，丹鳳樓中吹玉笛。可憐鼙鼓動漁陽，
白髮三郎號上皇。衾枕人亡花寂寞，笙歌夢醒月淒涼。
兩朝全盛不終期，身後身前共寂寥。況復千年成故國，
幾番戰血洗寒潮。惆悵人間萬事非，青山寒雨鷓鴣飛。
秦宮漢殿知何處？指點虛無淚滿衣。

（《小倉山房詩集》補遺卷二）

此詩透過「驪山」，串聯秦、唐兩朝由盛而衰的史實，鑒戒之旨，意在言外。當中「驪戎」十句，從眼前之景回憶史書中關於秦始皇大舉興建驪山宮殿，後被項羽焚毀等經過，凸顯秦皇的驕奢。「後王不鑒前王失，複道離宮重鬱鬱」八句，述唐玄宗為個人私慾，從而興建驪山，耗費資源，未以前王之失為鑒。「兩朝」八句，詩人慨歎人間萬事變化無常，曾經興盛的朝代，如今卻連宮殿遺址也杳不可知。唐太宗李世民曾說「覽前王之得失，為在身之龜鏡」（《冊府元龜》卷554引）。又「以古為鏡，可以知興替」（《貞觀政要・論任賢》）晚唐詩人杜牧〈阿房宮賦〉也說：「秦人不暇自哀，而後人哀之；後人哀之而不鑑之，亦使後人而復哀後人也」在袁枚〈驪山〉詩裏，似乎也能感受這一層深意。

趙翼素有經世思想，其《廿二史劄記》中多就「古今風會之遞變，政事之屢更，有關於治亂興衰之故者」〔註44〕，作深入討論。在詠史作品中，也呈現此一思想，如趙翼〈金川門〉：

大本堂摧懿文死，應立燕王為太子。以長以賢事皆順，
孱孫亦得免刀几。乃留弱幹制強枝，召亂本由洪武起。
臨濠奮跡開草昧，豪傑才兼聖賢理。目不知書性有書，
每就儒生講經旨。檀弓開卷重立孫，春秋特筆譏逆禮。

〔註44〕見趙翼著、王樹民校證：《廿二史劄記校證》，北京・中華書局，2001年11月2刷，頁1。

千年成說牢不破，此語燕閒久入耳。遂將神器付太孫，
分國諸王稟同軌。豈知釁即起蕭牆，臂小何能使巨指。
削藩方工鼂錯策，搆兵遂蹈張方壘。王師轉戰力不支，
夜半翻城九江李。袞冕煙灰火滿天，搢紳赤族血流水。
可憐十丈金川門，慘過晉家蕩陰里。向使當初改建儲，
叔正青宮姪朱邸。臨淄自能厚本支，臨賀豈遂干倫紀。
何至一家骨肉殘，冢嗣翻成若敖鬼。我來經過吊陳跡，
終覺高皇計失此。處常無事貴守經，銷患未形難據理。
徒將誤國咎方黃，猶未窮源推禍始。(《甌北集》卷三十五)

本詩從「靖難之變」發端之緣由入手，認爲促使事變的終極原因在於明太祖朱元璋建儲不當，同時也暴露封建王朝內部弱肉強食、自相殘殺的現實。「大本」六句，點出主題「召亂本由洪武起」。「臨濠」十句，寫朱元璋建立明朝，分封諸王之事。「豈知」十句，由於朱元璋建儲不當，釀成「靖難之變」。「向使」六句，趙翼以爲如果當時立朱棣爲太子，必不致骨肉相殘。「我來」六句，究其禍源，皆因高皇失策所引起。

黑格爾曾說：「詩歌要靠內容，要靠對於人的深心願望，以及鼓動人的種種力量，作出內容充實意義豐富的表現，所以理智和情緒本身都必須經過生活經驗和思考的鍛鍊，經過豐富化和深湛化，然後天才才可以創造出成熟的，內容豐富的，完善的作品。」(《美學》) 蔡英俊也說：「詩歌，它根源於對人性的關切與沉思，而後透過藝術形式來表現他個人對於生命的透視與看法，藉此引發欣賞者對於生命的眞相做同樣的思考與付出關切。」(《興亡千古事》) 經過以上情志內蘊的解析，我們知道乾隆三大家詠史作品裏往往凝聚作者豐富的思想與深邃的情感，其正確深刻的思想，既能激起讀者強烈的歷史情感，而情感的昇華亦有助於讀者對歷史人事內在意義的認知。